rougie

ANNIBAL

DANS LES ALPES

PAR

C. CHAPPUIS

Ancien Élève de l'École Normale Supérieure,
Ancien Recteur de l'Académie de Grenoble,
Inspecteur général honoraire de l'Instruction publique.

GRENOBLE

IMPRIMERIE F. ALLIER PÈRE ET FILS
Cours Saint-André, 26

—

1897

ANNIBAL DANS LES ALPES

Extrait des *Annales de l'Université de Grenoble*, 2ᵐᵉ trimestre 1897.

ANNIBAL

DANS LES ALPES

PAR

C. CHAPPUIS

Ancien Élève de l'École Normale Supérieure,

Ancien Recteur de l'Académie de Grenoble,

Inspecteur général honoraire de l'Instruction publique.

GRENOBLE

IMPRIMERIE F. ALLIER PÈRE ET FILS

Cours Saint-André, 26

——

1897

ANNIBAL DANS LES ALPES

« Il y a dans les Alpes cinq passages : l'un par la Ligurie, le long de la mer ; l'autre, celui que franchit Annibal ; le troisième par où Pompée partit pour faire la guerre en Espagne ; le quatrième par où Asdrubal vint de Gaule en Italie ; le cinquième dont les Grecs furent autrefois les maîtres, et qui a conservé le nom d'Alpes Grecques[1]. »

Voilà ce que disait Varron, dont l'érudition, il est vrai, n'est pas toujours très sûre, mais ici il est difficile qu'elle soit en défaut. Curieux de tout ce qui touchait aux antiquités, à l'histoire, à la géographie, versé du reste dans l'art de la guerre et ayant même quelque gloire

---

[1] Servius, *ad Æneid.*, X, 13. Sane omnes altitudines montium licet a **Gallis** Alpes vocentur, proprie tamen juga montium Gallicorum sunt ; quas quinque viis Varro dicit transiri posse : una, quæ est juxta mare, per Ligures ; altera, qua Hannibal transiit ; tertia, qua Pompeius ad Hispaniense bellum profectus est ; quarta, qua Hasdrubal de Gallia in Italiam venit ; quinta, quæ quondam a Græcis possessa est, quæ exinde Alpes Graiæ appellantur. — Ces lignes sont de l'auteur qui a complété le travail de Servius ; c'est lui qui nous a conservé ce fragment des ouvrages de Varron. — Varron ne parle ici que des Alpes qui séparent l'Italie de la Gaule proprement dite ; peut-être avait-il mentionné ailleurs d'autres passages, notamment celui des Alpes Pennines. — Lorsque Servius, *ad Æneid,* X, 13, dit : « loca ipsa quæ (aceto) rupit (Annibal) Pæninæ Alpes vocantur », ce n'est pas, comme on l'a affirmé par erreur, d'après Varron.

militaire, ne devait-il pas étudier avec un soin particulier ce qui se rapportait aux marches des deux généraux Carthaginois, et n'avait-il pas à cœur d'indiquer exactement les chemins qui conduisaient dans cette Gaule Transalpine, vers laquelle se tournait alors les yeux de tous les Romains? S'il n'a pas franchi lui-même les Alpes, n'était-il pas bien renseigné, lui, l'ami de Pompée qui, pour se rendre en Espagne, venait d'ouvrir aux armées romaines une voie nouvelle comprise par Varron dans cette énumération même ; lui, l'ami de César, qui, pour aller d'Océlum au pays des Voconces, reprenait cette voie suivie par Pompée, de César, dont les expéditions dans les Gaules faisaient enfin connaître les Alpes ?

Que nous apprend ce texte de Varron?

Il en résulte d'abord qu'Annibal, Asdrubal, Pompée, n'ont pas passé par les Alpes Grecques, comme les appelle Varron, c'est-à-dire par le Petit Saint-Bernard dans les Alpes Grées. Nous savions, par Polybe et par Tite-Live, que ce n'était pas par ce col qu'Annibal était entré en Italie ; nous savions aussi que Pompée avait suivi, à travers les Alpes, un chemin différent de celui d'Annibal ; mais nous ignorions que le passage franchi par Asdrubal fût distinct et de celui de son frère et de celui de Pompée. Quelques auteurs anciens ont dit que les deux généraux Carthaginois avaient suivi la même voie. Ce qui est vrai, c'est qu'Asdrubal, venant d'Espagne comme son frère, marchait dans la même direction générale, qu'il a, comme lui, traversé les Alpes ; est-ce à dire qu'il les ait passées au même point? Varron nous apprend que cette supposition est inexacte.

Telles sont les données précises qu'enferme ce texte.

Il nous autorise, d'autre part, à penser qu'Annibal, Asdrubal et Pompée ont passé tous les trois dans la partie de la chaîne qui est comprise entre la Corniche et le Petit Saint-Bernard, et par là même qu'on a eu tort de chercher les traces d'Annibal, soit au Grand Saint-Bernard, soit au Saint-Gothard.

Mais de plus ne peut-il pas servir à déterminer les différents points où les Alpes ont été franchies par ces trois généraux? Ne se dit-on pas, en le lisant, que les passages des Alpes y sont énumérés dans un ordre régulier, et que, si l'on parcourt la chaîne, à partir de la mer, on doit rencontrer d'abord celui d'Annibal, puis celui de Pompée, enfin celui d'Asdrubal qui sera par là même le plus rapproché des Alpes Grées?

Or si nous jetons les yeux sur une carte et si nous suivons l'ordre inverse, c'est-à-dire si nous allons du nord au midi, nous voyons qu'au midi de la vallée de l'Isère et du Petit Saint-Bernard, il n'existe sur une assez grande étendue que des passages très difficiles ; la première route qui se présente pour une armée est celle qui remonte l'Arc et par la Maurienne conduit au Mont-Cenis ; ne serait-ce pas celle qu'a suivie Asdrubal ?

De même du Mont-Cenis au Mont-Genèvre il n'existe aucun passage praticable, et l'on serait conduit à penser que Pompée a pris par le Mont-Genèvre pour se rendre de la Gaule Cisalpine en Espagne.

Enfin Annibal n'aurait passé ni au Petit Saint-Bernard, ni au Mont-Cenis, ni au Mont-Genèvre ; il faudrait renoncer à ces trois hypothèses, qui se sont partagé l'assentiment de la plupart des critiques, et le chercher plus au midi.

Sans doute, ce ne sont là que des conjectures ; mais leur accord parfait avec ce que nous savons de la marche de Pompée ne laisse pas de leur donner une assez grande valeur.

Envoyé en Espagne, pour y combattre Sertorius, il écrit au Sénat [1] « qu'il vient d'ouvrir à travers les Alpes un chemin différent de celui d'Annibal et plus convenable pour les Romains, *per eas* (Alpes) *iter aliud atque Hannibal, nobis opportunius, patefeci.*»

N'est-ce pas le Mont-Genèvre qui est désigné par les mots *nobis opportunius?* Où chercher un passage qui soit en lui-même plus facile, un passage qui, mieux que cette ligne de la Dora Riparia et de la Durance, assure les intérêts des Romains, qui les conduise plus directement et plus sûrement vers la Province romaine et vers l'Espagne, qui soit plus avantageux au point de vue stratégique? Et n'est-ce pas la voie que César suivra pour aller d'Océlum au pays des Voconces, la voie que Cottius, pour plaire aux Romains et à Auguste, va bientôt après rendre plus praticable?

---

[1] *Ep. Cn. Pompeii ad Senatum*, parmi les fragments de Salluste. — Appien (*de Bello civ.*, I, 109) dit de même que Pompée suivit à travers les Alpes un chemin différent de celui d'Annibal et plus facile ; lorsqu'il ajoute que Pompée passa près des sources du Rhône et du Pô, son erreur est trop manifeste pour qu'on puisse en tirer un argument contre notre hypothèse qui le fait aller des sources de la Dora Riparia à celles de la Durance ; Appien a nommé les deux fleuves au lieu de leurs affluents.

On a prétendu, il est vrai, qu'Annibal était entré en Italie par le Mont-Genèvre; mais, dans cet hypothèse, comment expliquer les expressions de Pompée et où trouver, dans toutes les Alpes, un passage qui l'autorise à dire qu'il a ouvert une voie plus convenable pour les Romains que celle qu'aurait suivie Annibal?

Ainsi le texte de Varron, confirmé par ce précieux témoignage de Pompée, nous autorise à penser qu'Asdrubal a passé par le Mont-Cenis, Pompée par le Mont-Genèvre, et qu'il faut chercher plus au midi la voie suivie par Annibal.

Il aurait passé entre le Mont-Genèvre et la voie qui longe la mer, pour aller, comme le disent et Cincius Alimentus, et Polybe, et Tite-Live, et Appien, et Silius Italicus, au pays des Taurini; et il aurait suivi la direction indiquée par Tite-Live, qui dit qu'Annibal, après avoir traversé le pays des Tricorii, coupa la Durance pour monter vers les Alpes.

Rien ne contredit cette hypothèse; tout semble s'accorder avec elle.

Le dirai-je enfin? le désaccord qui n'a cessé de régner entre les critiques, la difficulté où ils étaient de trouver, dans les points des Alpes qu'ils avaient explorés, une explication complète et satisfaisante des récits anciens, pouvaient faire espérer d'heureux résultats d'une étude nouvelle, dans la direction qui semblait être indiquée par Varron.

On pourra, il est vrai, élever quelques doutes, et demander s'il est certain que Varron ait énuméré les passages des Alpes dans un ordre régulier, du midi au nord ; si le commentateur qui nous a conservé ce texte, ne l'a pas altéré, s'il n'a pas changé l'ordre suivi par Varron.

Mais, tout en faisant ces réserves, au moins reconnaîtra-t-on qu'on n'a pas le droit de rejeter le témoignage de Varron, qu'il mérite d'être contrôlé, et que les conjectures auxquelles il donne lieu ont trop d'importance pour qu'on ne les prenne pas en sérieuse considération. Si notre auteur ne donne pas à ces questions obscures et controversées une solution précise, incontestable, au moins apporte-t-il des éléments qu'on ne saurait négliger.

Sans regarder à l'avance la question comme résolue, sans se passionner pour une hypothèse, il y avait lieu de vérifier la donnée Varronienne par une discussion attentive des textes anciens, discussion que l'on reprendrait sur place, au milieu même des Alpes ; il fallait, si l'on était assez heureux pour trouver un passage répondant aux données de Polybe et de Tite-Live, étudier les autres passages pour voir s'ils répondaient également à ces données, et, par de nouvelles explorations, soumettre à un sévère contrôle la solution de ce grand et difficile problème.

M. le Ministre de l'Instruction publique voulut bien m'accorder une mission gratuite, qui fut très gracieusement confirmée à Turin, pour les États Sardes. Cette mission facilita mes explorations ; je lui dus le bienveillant accueil que je rencontrai partout et le concours empressé avec lequel on seconda mes recherches.

En 1859 et 1861, je parcourus nos grandes vallées de l'Isère, de l'Arc, de la Durance, du Guil, de l'Ubaye, et les vallées correspondantes de la Dora Baltéa, de la Dora Riparia, du Pô, de la Sture ; je passai vingt fois de France en Italie et d'Italie en France ; sans compter les cols des chaînons secondaires, j'explorai une quinzaine de cols de la grande chaîne, entre le Mont-Blanc et le Lausanier.

Ces explorations n'étaient pas sans quelques difficultés. J'avais rarement un guide, et, même pour les passages les moins fréquentés, pour des cols de 2,700 mètres et plus, je devais me contenter des renseignements que je pouvais obtenir, des cartes et de la boussole ; à défaut de cartes, de calques pris à Turin ou dans les communes. Les gîtes étaient rares, et, souvent, quand je questionnais le maire ou le syndic, les agents des douanes ou des forêts : « C'est une marche de dix-sept heures, me disaient-ils ; vous la ferez peut-être en quinze heures ». Nul confortable : on couchait dans la chambre commune de l'auberge, où les gens toute la nuit buvaient et chantaient, ou dans une misérable soupente, ou dans le grenier à foin, où l'on était du reste beaucoup mieux. La nourriture était peu variée : dans toute la région supérieure, on n'avait que le mouton et le fromage ; encore fallait-il, quand on arrivait, l'appétit fort aiguisé, attendre qu'on fût allé, dans les pâturages d'en-haut, chercher le mouton pour le tuer. Avec cela, les chaleurs exceptionnelles de 1859 et de 1861, dures à supporter pour qui avait le sac sur le dos, et puis, à certain moments, les orages, le froid rigoureux, les tourmentes de neige ; à certain jour, tant de neige et une tourmente si terrible que le guide nous crut perdus.

Mais qu'importe tout cela et que c'est vite oublié !

Je n'étais pas seul, puisque je voyageait avec Polybe et Tite-Live, et toujours avec quelques-uns de ceux qui ont écrit des dissertations sur le passage des Alpes ; je les interrogeais, je m'entretenais avec eux, j'interprétais, je discutais leurs témoignages ; nous étions ensemble à la recherche d'Annibal, et les longues journées de marche paraissaient courtes, et le charme de ce travail en commun ne permettait pas de sentir la fatigue, l'*iter durum*.

Et quel plaisir de se trouver au milieu des Alpes, de passer des journées seul, dans les régions supérieures, n'entendant d'autre bruit que celui d'une pierre qui tombe, respirant cet air pur et vif, contemplant ces cimes aux formes admirables qui s'élèvent, toutes lamées de neige éblouissante, vers le ciel bleu foncé !

C'est de tout cela qu'on garde le souvenir ; et on reste reconnaissant à Annibal et aux Alpes.

J'adressai à M. le Ministre de l'Instruction publique, au sujet de ma mission, un rapport qui fut inséré, en 1860, dans les *Mémoires des Sociétés savantes*. M. Rossignol, partisan de l'hypothèse du Petit Saint-Bernard, ayant en 1861 lu, à la réunion de ces Sociétés, une *Dissertation critique sur le passage d'Annibal à travers la Gaule*, je répondis par un mémoire intitulé : *Examen critique de l'opinion de Cœlius Antipater sur le passage d'Annibal dans les Alpes*, mémoire qui parut dans le même recueil en 1864. Enfin, comme on avait prétendu que la vallée de Barcelonnette, par laquelle je faisais passer Annibal, devait être, à cette époque, inculte et inhabitée, je publiai, en 1862, une *Étude archéologique et géographique sur la vallée de Barcelonnette à l'époque celtique* ; je faisais connaître plus de vingt localités où l'on trouve dans cette vallée des objets celtiques.

Puis, pendant quelques années, je fus occupé de travaux d'un autre ordre, et enfin, pendant une longue période, près d'un quart de siècle, ayant accepté la charge d'un grand service public, je laissai de côté les travaux personnels ; je m'interdisais même de lire ce que l'on écrivait au sujet d'Annibal, craignant d'être ramené vers des questions qui m'intéressaient vivement et de leur donner un temps qui ne m'appartenait pas.

Aujourd'hui, je voudrais compléter, et, sur quelques points, modifier ce que j'ai publié au sujet de la marche d'Annibal, tenir ainsi la promesse que j'avais faite de reprendre cette question avec tous les développements qu'elle comporte. D'autre part, il est bon de ne pas laisser sans réponse certaines allégations qui se sont produites, de ne pas laisser croire qu'elles sont acceptées sans réserve ; le silence serait une adhésion. Enfin, l'avouerai-je ? Je céde au plaisir de me retrouver en pensée au milieu de ces Alpes, qu'il ne me sera plus donné de parcourir et que je ne puis plus aimer que de loin.

Du Rhône aux Alpes, il n'est pas de vallée de quelque importance, du Gothard et du Grand Saint-Bernard aux Alpes maritimes, il n'est guère de cols, quelque peu praticables, où l'on n'ait fait passer Annibal.

En présence de cette multiplicité de solutions contradictoires et sous l'impression confuse et quelque peu déconcertante qui en résulte, on se demande s'il est possible d'arriver à une solution satisfaisante pour l'esprit, à une solution qu'on puisse considérer comme la vraie solution, et comment il faudrait procéder, quelle méthode on devrait appliquer à la discussion de ce difficile problème.

Si, depuis trois quart de siècle notamment, les solutions les plus diverses ont été proposées et soutenues par des esprits, excellents du reste, et auxquels ne manquaient point les habitudes de méthode, sans que ce grand débat soit encore terminé, c'est que le problème est très complexe, et que la méthode pour le résoudre est complexe elle-même.

Voici, je crois, les réflexions que l'on peut faire à ce sujet et les règles qu'il semblerait bon de suivre.

D'abord n'est-il pas évident que, dans une question qui est tout à la fois de topographie, d'érudition, de critique et d'interprétation des textes, il faut laisser de côté ces discussions *a priori* qui prétendent dominer et régler les faits au nom de principes généraux ? La solution d'un problème historique ne dépend pas du simple raisonnement. Ne disons pas : voici la ligne la plus courte, la voie la plus facile, le passage le plus avantageux au point de vue stratégique ; donc Annibal a passé par là. Il ne s'agit pas de déterminer ce qu'Annibal aurait dû faire, mais de reconnaître, de constater ce qu'il a fait.

Et si l'on a une idée préconçue, si l'on s'attache d'abord à une hypothèse, ce qu'on ne peut éviter dans les recherches scientifiques, ce sera pour les soumettre l'instant d'après au plus sévère contrôle et avec la résolution très sincère de les abandonner si elles ne sont pas pleinement justifiées.

Nos vues personnelles ne serviraient qu'à nous égarer et disons-nous bien que notre autorité n'est rien et qu'il faut nous incliner devant celle des anciens.

Nous avons deux grands récits de la marche d'Annibal, l'un par Polybe, l'autre par Tite-Live.

Je n'ai pas à rappeler ce qu'est Polybe, comme historien, et quelle est, en général, la valeur de ses témoignages et de ses appréciations. Je dirai seulement que, lorsqu'il naquit, il n'y avait pas plus de huit années qu'Annibal venait de passer les Alpes, et qu'il les a lui-même traversées : « Si je parle ici avec quelque assurance, dit-il à propos de la marche d'Annibal, c'est que je tiens les faits dont il est question de la bouche même des témoins oculaires, et que pour ce qui regarde les localités, je les ai parcourues en personne dans un voyage que je fis autrefois aux Alpes, afin d'en prendre par moi-même une exacte connaissance[1]. »

Les descriptions qu'il fait, les détails topographiques donnés par lui, méritent donc une entière confiance ; mais, comme il écrit pour les Grecs, il ne croit pas devoir donner les noms des pays, des rivières, des villes, et il se bornera souvent à indiquer une direction générale, une orientation : « Lorsqu'il s'agit de lieux bien connus, dit-il, la citation du nom seul est un puissant secours : mais, s'il est question de pays ignorés, le nom n'est qu'un mot sans signification, qui s'arrête à l'oreille. Comme alors l'esprit ne s'appuie sur rien et qu'il ne peut rattacher le signe à aucun objet perçu, la connaissance qu'on lui veut donner est pour lui vague et confuse. Il faut donc indiquer ici quelques moyens de ramener le lecteur de l'inconnu à des notions déjà familières et solidement acquises. La première donnée, en fait de géographie, la plus importante, la plus universelle, est cette division de la voûte céleste en quatre parties : est, ouest, sud et nord, que comprennent les intelligences même les plus simples, et l'appréciation exacte de leur position respective. La seconde opération consiste à placer sous chacun de ces points les différentes parties de la terre, à rattacher successivement par la pensée à quelqu'une de ces divisions les pays indiqués, et à revenir ainsi, à propos des

---

[1] III, 48 ; cf. *ibid.*, 59.

lieux que nous n'avons jamais ni connus ni vus, à des notions qui nous sont familières [1]. »

Ainsi nous voilà avertis ; Polybe se bornera volontiers à indiquer une direction générale, et ses indications, pour nous mieux informés, pourront appeler certaines réserves et certaines explications.

Lorsque naquit Tite-Live, il y avait plus d'un siècle et demi qu'Annibal avait passé les Alpes ; mais pour écrire ce qui était relatif à Annibal, il avait sous les yeux Polybe ; s'il omet certains détails donnés par lui, il en est d'autres qu'il ajoute ; c'est qu'il puise à d'autres sources, c'est qu'il consulte notamment Cincius Alimentus. qui avait été prisonnier d'Annibal, et Cœlius Antipater. De quel droit dirait-on que tout ce qu'il n'emprunte pas à Polybe est de pure invention? Pour la marche d'Annibal entre Carthagène et le Rhône, il a consigné dans son récit des renseignements géographiques que l'historien grec n'a pas donnés et dont l'exactitude, cependant, n'a jamais été contestée. Nous devons tenir pour également exactes les autres indications transmises par lui, qui ne sont pas inconciliables avec le récit de Polybe, notamment celles qui se rapportent à la marche entre le Rhône et la Durance et ne font que compléter ce récit.

On comprend toutefois que, puisant dans plusieurs auteurs et ayant à fondre dans son exposé les données qu'il leur emprunte, n'ayant pas parcouru les lieux dont il parle et n'ayant pas de cartes sous les yeux, il lui arrive de ne pas donner à telle indication sa vraie place. On comprend aussi que, parmi les historiens qu'il consultait, tel était moins digne de foi, Cœlius Antipater, par exemple ; que discerner le vrai était difficile et qu'il a pu, à certains moments, ntroduire dans son récit des détails peu exacts. Ses témoignages n'ont pas toujours la même autorité que ceux de Polybe, et s'il faut parfois se prononcer entre nos deux historiens, c'est Polybe que nous suivrons.

Mais de là à dire que Tite-Live n'est qu'un déclamateur, qu'il n'est nullement digne de foi, que tout ce qu'il n'a pas emprunté à Polybe doit être rejeté, il y a loin. Il plaît à certains critiques de lui refuser absolument toute autorité, d'affirmer qu'il n'y a pas de

---

[1] III, 36.

conciliation possible entre Polybe et lui ; c'est tout simplement parce qu'il nous a transmis des indications qui mettent à néant les opinions de ces critiques. Voilà le secret de ces grandes colères.

Posons en principe que nous mettrons au-dessus de tout une solution qui reposera sur la conciliation des témoignages de nos deux grands historiens.

Pour les interpréter et pour arriver à les concilier, lisons-les, non pas dans des traductions, mais dans le texte même, et le texte des meilleures éditions ; lisons-les sans parti pris, en donnant au texte son sens littéral et le plus exact, en en pesant toutes les expressions avec une attention scrupuleuse ; n'admettant aucune interprétation arbitraire, aucune interprétation que celle qui est reconnue nécessaire, parce que sans elle le texte n'aurait pas de sens.

Et ces deux textes, il faudra aller les lire au milieu des Alpes. Il ne saurait suffire de les étudier, en érudit, au coin de son feu, une carte sous les yeux. Il est même à désirer que ceux qui vont dans les Alpes avec Polybe et Tite-Live, n'en soient pas à leurs premiers essais, qu'ils soient préparés par des explorations antérieures, qu'ils soient à même de se rendre compte des difficultés, pour n'en méconnaître ni en exagérer la gravité. Ce qu'on lit dans certaines dissertations est fait pour étonner. Il ne semble pas, étant donnée la nature assez élémentaire et primitive des attaques des Gaulois, qu'il soit nécessaire de réunir les connaissances topographiques exigées, aujourd'hui, de nos officiers ; mais encore faut-il que l'on soit un touriste ayant quelque expérience, ayant ce qu'on appelle « l'intelligence de la montagne ».

On ne devra jamais perdre de vue qu'il ne s'agit pas de telle expression, dont nous exagérerions l'importance, mais de l'ensemble et de l'enchaînement de toutes les données de Polybe et de Tite-Live ; qu'il ne s'agit pas de tel détail topographique mais d'un vaste ensemble de localités répondant à la suite de ces deux grands récits à toutes les données si nombreuses, si variées, qui y sont contenues.

Et enfin il faudra se mettre en garde contre un double danger, contre une double illusion : illusion de ceux qui, pour donner des textes anciens une interprétation conforme à ce qu'ils ont sous les yeux, altèrent involontairement le sens de ces textes et leur font dire ce qu'il désirent qu'ils disent ; ou bien illusion de ceux qui, préoccupés de trouver une application des données des historiens, altèrent inconsciemment le caractère des lieux où ils sont et arrivent à y voir des difficultés et des dangers qui, en réalité, n'existent pas. Il faut maintenir, avec une grande sincérité et une grande fermeté, le sens précis des textes, et il faut connaître assez les Alpes pour pouvoir, par comparaison, mesurer exactement les difficultés qui s'y rencontrent.

Comme nous ne sommes pas les premiers à traiter cette question, nous ne devons l'aborder qu'après avoir étudié ce qu'ont écrit tant d'hommes remarquables qui ont pris part à ce débat. Que les uns y aient apporté leur grand savoir en histoire et en philologie, mais sans prendre la peine d'aller dans les Alpes; que d'autres les aient parcourues, mais en laissant, entre eux et les textes anciens, les indécisions et les fictions des traducteurs; que d'autres enfin, ayant en main le texte grec et le texte latin, mais ne rencontrant point les lieux qui y sont décrits, se soient ingéniés à interpréter les expressions pour y retrouver une vaine image de ce qu'ils avaient sous les yeux; peu importe: ils nous ont livré des éléments que nous ne pouvons négliger, et nous devons mettre à profit la critique qu'ils ont faite des textes, les interprétations qu'ils en ont données, leurs explorations, même infructueuses, les discussions, les réfutations, même les erreurs. C'est, dans ce grand débat, un ensemble considérable de documents, et, même quand ils ne présentent pas d'autre intérêt, ils nous forcent à soumettre à un indispensable contrôle l'opinion que nous avons admise.

Quant aux antiquités, il n'est aucun objet authentique que l'on puisse considérer comme un témoignage du passage de l'armée Carthaginoise dans les Alpes. Si j'ai décrit les objets d'époque celtique qui se trouvent dans la vallée de Barcelonnette, ce n'est pas pour en conclure qu'Annibal a passé par cette vallée, c'est seulement pour établir qu'il a pu y passer, puisqu'elle n'était pas, comme on l'a dit, inculte et inhabitée.

Quant aux traditions, elles se rencontrent également dans tous les passages des Alpes, du Saint-Gothard au col de Tende, dans ceux-là même où il est impossible qu'Annibal ait passé, et elles se détruisent ainsi les unes les autres.

En résumé, le problème historique dont nous nous occupons ne paraît pouvoir être résolu que par une application très scrupuleuse de la méthode qui consiste à interroger les textes anciens, à les prendre dans leur sens littéral, à n'admettre aucune interprétation arbitraire, aucune interprétation que celle qui sera nécessaire pour que le texte ait un sens, et à chercher dans les Alpes, sans se tromper sur le vrai caractère des localités et sur les difficultés qu'on y rencontre, une vaste ligne sur laquelle se présente successivement tout ce qu'ont décrit les anciens, tout ce que Polybe a vu.

M. le lieutenant-colonel Hennebert, qui a publié deux volumes d'une *Histoire d'Annibal*, ne pense pas que cette méthode puisse être appliquée utilement.

« Est-il possible, dit-il, de retrouver chacun des accidents mentionnés par les textes et de mettre, pour ainsi dire, le doigt sur le point indiqué? Nous n'hésitons pas à répondre négativement. Et, en effet, les descriptions topographiques de Polybe et de Tite-Live se rapportent également bien à toutes les régions des Alpes. Chaque explorateur est, de son propre aveu, frappé de l'harmonie de ces données avec les lignes du paysage qu'il a sous les yeux. Il n'est point de voyageur qui n'admire, en ses commentaires, la merveilleuse concordance des textes et du tableau dont il a spécialement arrêté le cadre en son esprit. Toute hypothèse s'adapte à un panorama complaisant ; tout système préconçu rencontre dans la nature les éléments d'une réalisation facile... Il faut donc renoncer à tirer parti d'un examen des lieux, si scrupuleux qu'il soit [1]. »

Et après avoir dit de nouveau que tous les auteurs qui ont écrit au sujet du passage des Alpes ont cru trouver des lieux qui répondaient aux données des historiens anciens, il ajoute : «Il faut conclure de là que l'on peut voir et que l'on voit effectivement tout ce qu'on veut dans les Alpes ; que partout les ressemblances sont frappantes pour des yeux prévenus en faveur d'un système longtemps carressé ; que la méthode enfin n'est point scientifique [2]. »

M. Hennebert me permettra de n'être point de son avis. Il faut, il est vrai, se mettre en garde contre les idées préconçues et les trop faciles illusions : mais sans le respect pour les textes et leur exacte interprétation, sans l'examen attentif des lieux, je ne vois pas comment

---

[1] IIme vol, p. 67.
[2] *Ibid.*, p. 72.

on se flatterait d'arriver à une solution. Cette déclaration, dès le
début, m'inquiète un peu, et je crains que, dans ces dispositions
d'esprit, M. Hennebert ne soit porté à tenir trop peu de compte et des
textes et de la topographie, et à s'enfermer, plus que tout autre, dans
« un système préconçu ».

Mais quelle est donc la méthode qu'il compte suivre ?

« Il faut, dit-il, se contenter de planter des repères, de tracer des
lieux, de fixer des limites. C'est suivant ces principes que nous sou-
tiendrons la discussion. D'excellents esprits ont pensé que la solution
d'un problème historique n'est point uniquement du ressort du
raisonnement ; qu'il ne s'agit pas de déterminer *a priori* ce qu'Annibal
aurait dû faire, mais de reconnaître ce qu'il a fait. Nous ne saurions
partager cet avis que jusqu'à un certain point ; il nous est par
exemple, impossible de ne point tenir grand compte de la raison
géographique et militaire, qui dominant la question, tient étroitement
sous sa dépendance tous les éléments dont celle-ci se compose. Aussi
répéterons-nous, avec un éminent critique[1] : *Prevalga la raggion
di guerra immutabile ed eterna*[2].

Et plus loin : « La raison géographique et militaire exige absolument que la ligne d'opération carthaginoise ait suivi le cours du
Rhône, de l'Isère, du Drac et de la Haute-Durance[3] »,

Voilà qui est entendu ; la question est portée sur un autre terrain ;
elle sera discutée, *a priori*, au nom de « certains principes », par voie
de raisonnement ; les historiens et les critiques sont récusés ; ils ne
sont point juges, ils ne sont point compétents en ces matières ; ils n'ont
qu'à s'incliner devant « la raison militaire » ; devant « la raison
immuable et éternelle ! »

Nous verrons plus tard comment, appliquant cette « méthode scientifique », M. Hennebert trace *a priori* ce qu'il appelle « la directrice
de marche d'Annibal », force les textes à venir, malgré eux, justifier
complaisamment son hypothèse, son système préconçu, et, sans
s'arrêter à de vulgaires détails de topographie, voit, comme il le dit,
« tout ce qu'il veut dans les Alpes ».

---

[1] Carlo de Promis.
[2] IIme vol , p. 73.
[3] *Ibid.*, p. 77.

J'ai tenu à protester, dès le début, contre l'emploi d'une méthode qui n'en est pas une, qui a son originilité et ses hardiesses, mais ne peut qu'égarer ceux qui la suivent ; et je vais essayer d'appliquer, dans ce problème historique, ces humbles et patients procédés de recherche et de discussion auxquels nous ont habitués les historiens et les critiques.

I

Après la prise de Sagonte, alors que Rome venait de déclarer la guerre, Annibal était à Carthagène, et, pendant ses quartiers d'hiver, se préparait à aller combattre les Romains en Italie.

Il était, dit Polybe[1], entré en relations avec les peuplades dont il aurait à traverser le territoire, avec les chefs qui commandaient dans la Gaule propement dite et au milieu des Alpes, et, comprenant quelles difficultés l'attendaient et quels dangers, il n'était rien qu'il ne leur promît par ses envoyés. D'autre part, il avait fait explorer les pays même qu'arrose le Pô, pour connaître les dispositions des Gaulois qui y étaient établis, leur force militaire et leur ardeur guerrière, les ressources et la fertilité de leur territoire, pour savoir jusqu'à quel point il pouvait compter sur eux. Des envoyés venaient à Carthagène lui donner l'assurance qu'il était attendu en Italie et que les Gaulois étaient prêts à se joindre à lui ; ils ajoutaient que, si le passage des Alpes devait être, en raison de leur immense hauteur, rude et pénible, il n'était du moins pas impossible[2]. Sur la foi des émissaires d'Annibal, les Boïens et les Insubres, récemment vaincus par les Romains, vont surprendre les colonies romaines, enferment un consulaire et deux préteurs dans Modène, se saisissent de leurs personnes et battent l'armée de Manlius[3].

L'armée d'Annibal se composait de troupes africaines et d'Espagnols

---

[1] Polybe, III, 34, insiste sur les relations d'Annibal avec les Gaulois, faits importants que Tite-Live, XXI, 23, se borne à indiquer.

[2] τὴν τῶν Ἀλπίνων ὀρῶν ὑπερβολὴν ἐπίπονον μὲν καὶ δυσχερῆ λίαν, οὐ μὴν ἀδύνατον εἶναι.

[3] Polybe, III, 40. — Tite-Live, XXI, 25.

qu'il avait envoyés dans leurs villes se préparer pendant l'hiver à de nouvelles fatigues [1].

Polybe qui a consulté la table d'airain de Lacinium, où Annibal avait fait graver l'énumération de ses troupes, donne, d'après cette table, le nombre des hommes envoyés par Annibal en Afrique ou laissés, par lui, sous le commandement d'Asdrubal en Espagne [2], et c'est d'après elle, sans doute, qu'il dit qu'Annibal partit de Carthagène avec 90.000 fantassins et 12.000 cavaliers [3].

Ainsi Annibal avait réuni, pour marcher vers l'Italie, 102.000 hommes ; mais comme cette armée s'affaiblit rapidement ! Entre l'Ebre et les Pyrénées, des combats nombreux et la prise de plusieurs villes causèrent de grandes pertes ; il fallut laisser à Hannon 10.000 fantassins et 1.000 cavaliers pour tenir en respect les Bargusiens qui auraient pu fermer la retraite à Annibal et mettre une barrière entre l'Espagne et lui ; il fallut renvoyer dans leurs foyers des mécontents sur la fidélité desquels on ne pouvait plus compter, 11.000 hommes d'après Polybe [4]; 3.000 Carpétans et plus de 7.000 autres Espagnols, dit Tite-Live, confirmant et complétant ainsi le témoignage de l'historien grec [5].

Après avoir franchi les Pyrénées, l'armée ne comptait plus que 50.000 fantassins et 9.000 cavaliers ; elle était presque réduite à la moitié de ce qu'elle était à Carthagène ; mais, pour que rien ne retardât leur marche, ces 59.000 hommes avaient laissé leurs bagages sous la garde d'Hannon [6], et, si cette armée était peu nombreuse, elle était solide et aguerrie par des luttes continuelles en Espagne [7].

---

[1] Polybe, III, 33. — Tite-Live, XXI, 21.

[2] III, 33.

[3] III, 35. — Tite-Live, XXI, 21, 22, 23, qui a sous les yeux, avec le texte de Polybe, celui d'autres auteurs, dit que l'on n'était pas d'accord, hésite à se prononcer ; suivant lui, Annibal aurait eu, après le passage de l'Ebre, le nombre d'hommes qu'il avait, d'après Polybe, à Carthagène. Tite-Live omet certains détails, mais il en donne que l'historien grec a négligés.

[4] III, 35.

[5] XXI, 23. De même c'est Tite-Live qui nous apprend que l'Ebre fut franchi sur trois points à la fois et que les Bargusiens étaient maîtres des passages des Pyrénées.

[6] Polybe, III, 35. — Tite-Live, XXI, 30.

[7] Polybe, III, 35.

Annibal, après avoir parcouru rapidement, à partir d'Emporium,
1600 stades, au milieu de populations qu'il sut gagner par des pré-
sents ou maintenir par la crainte, arriva aux bords du Rhône. Il
franchit ce fleuve à quatre journées de la mer, au-dessus du point où
il se sépare en deux branches[1]. Il fallut combattre les Volces qui
avaient réuni leurs forces sur la rive gauche, et, après le passage du
Rhône, l'armée était réduite à 38,000 fantassins et un peu plus de
8,000 cavaliers, à environ 46,000 hommes[2].

Annibal avait passé le Rhône, lorsque se présentèrent, venant des
plaines du Pô, des envoyés des Boïens, le roi Magilus ou Magalus et
les petits chefs qui l'accompagnaient[3].

« Ce qui était bien propre, dit Polybe[4], à animer l'ardeur des
soldats d'Annibal, c'était la présence d'hommes qui venaient, pour
ainsi parler, chercher les Carthaginois et qui promettaient de s'asso-
cier à leur guerre contre Rome ; l'engagement que prenait Magilus,
et qui ne pouvait être suspect, de les conduire par des chemins où ils
ne manqueraient de rien et qui les mèneraient promptement et sans
danger en Italie[5] ; la fécondité, l'étendue du pays qui les attendait ;
l'ardeur enfin de cette population guerrière avec qui ils devaient combattre les troupes romaines. »

Polybe[6] insiste, critiquant vivement les légendes étranges relatives
à la marche d'Annibal : « Tantôt, dit-il, on suppose les pentes des

---

[1] Polybe, III, 39, 41 et suiv. — Tite-Live, XXI, 24 et suiv.

[2] Polybe, III, 60.

[3] Polybe, III, 44 : τοὺς βασιλίσκους τοὺς περὶ Μάγιλον· τοῦτοι γὰρ ἧκον
πρὸς αὐτὸν ἐκ τῶν περὶ τὸν Πάδον πεδίων. — Tite-Live, XXI, 29 : Boiorum
legatorum regulique Magali adventus. — M. Hennebert, *Histoire d'Annibal*, Ier vol.,
p. 455 ; IIme vol., p. 95 et 267, entraîné par de vains rapprochements de noms,
dit que Magilus était le chef de la vallée du Guil et avait sous sa dépendance les
Magelli, qui auraient occupé le val de Pragelas.

[4] III, 44.

[5] ἀξιόπιστον, ὅτι καθηγήσονται διὰ τόπων τοιούτων δι' ὧν οὐδενὸς
ἐπιδεόμενοι τῶν ἀναγκαίων συντόμως ἅμα καὶ μετὰ ἀσφαλείας ποιήσονται
τὴν εἰς Ἰταλίαν πορείαν. — Tite-Live, XXI, 29 : se duces itinerum, socios
periculi fore adfirmantes.

[6] III, 47, 48.

Alpes si raides et si difficiles que, loin de pouvoir être franchies par une armée, par des chevaux et par des éléphants, elles seraient presque inaccessibles même à l'infanterie, tantôt on nous dépeint cette région des Alpes comme absolument déserte... » Comment imaginer un général plus insensé, plus téméraire qu'Annibal, qui, à la tête de troupes considérables, sur lesquelles il fonde les plus belles espérances pour le succès de son entreprise, ne sait, s'il faut en croire nos historiens, ni les routes, ni les lieux qu'il doit traverser, ni où il va, ni chez quels peuples il les dirige, et court s'engager dans une entreprise absolument impossible ?... Ceux qui parlent ainsi des déserts, des précipices, des difficultés que présentent les Alpes, ne savaient donc pas que les Gaulois, habitants des rives du Rhône, mainte et mainte fois avant l'arrivée d'Annibal, avaient franchi les Alpes avec des forces immenses, afin de combattre les Romains et de secourir leurs compagnons dans les plaines du Pô... Ils ne savaient donc pas que de nombreuses peuplades habitent les Alpes [1]... En réalité, Annibal s'était soigneusement informé de la fertilité du pays où il devait aller, des sentiments de haine des populations à l'égard des Romains, et, dans les endroits difficiles, il prenait pour guides des gens du pays qui devaient partager sa fortune [2].

Et Polybe ajoute que, ces Alpes dont il parle ainsi, il les a lui-même parcourues.

En lisant cet important passage, il ne faut pas perdre de vue ce qui en est l'idée dominante : Polybe tient à protester contre ceux qui, voulant étonner le lecteur, ont à plaisir exagéré les difficultés et ont par là même rendu nécessaire une intervention surnaturelle : « comme ils ne peuvent, dit-il, trouver un dénouement à leur récit, ils font intervenir et des dieux et des fils de dieux dans l'histoire qui, d'ordinaire, ne s'appuie que sur les faits... Ils s'imaginent de nous dire qu'un dieu, soudainement advenu, vint montrer la route aux Carthaginois [3]. Pour eux, même nécessité que pour les poètes drama-

---

[1] Tite-Live XXI, 30 : Alpes quidem habitari, coli, gignere atque alere animantes...

[2] εἰς τὰς μεταξὺ δυσχωρίας ὁδηγοῖς καὶ καθηγεμόσιν ἐγχωρίοις ἐχρῆτο τοῖς τῶν αὐτῶν ἐλπίδων μέλλουσι κοινωνεῖν.

[3] On trouve dans Tite-Live, XXI, 22, sous la forme d'un songe qu'aurait eu

tiques ; si, dans la plupart de nos pièces de théâtre, le dénouement a besoin de l'intervention de quelque dieu, c'est que les auteurs choisissent des fables en dehors du vrai et de la raison... »

Polybe ne veut pas qu'on exagère les difficultés, qu'on les transforme en impossibilités ; mais il est loin de les méconnaître. Suivant lui, Annibal, alors qu'il est à Carthagène, sait déjà que le passage des Alpes sera rude et pénible, qu'il y trouvera des difficultés et des dangers, et son récit va signaler et les rochers escarpés et les précipices et les dangers sérieux que la difficulté des lieux fera courir à l'armée carthaginoise.

Il ne faut pas, vient de dire Polybe, s'imaginer qu'Annibal ne savait nullement quels lieux il devait traverser, quelles routes il devait suivre. Mais cette connaissance des lieux avait un caractère assez général ; Annibal sait quelle direction il suivra, quels seront les points les plus importants de sa marche, quels peuples il trouvera sur son chemin ; mais il faut bien admettre que, dans les détails, bien des choses lui échappent et qu'il y aura pour lui une assez large part d'imprévu.

Il aura des guides, il est vrai ; qui donc ? Pour les passages difficiles, des guides du pays ? Nous verrons quelle confiance ils méritaient. Magilus et ceux qui l'entourent ? Mais il n'en sera plus question et il ne semble pas qu'ils aient été pour Annibal d'aucun secours. Nous verrons si Annibal, comme ils l'ont promis, traverse les Alpes sans manquer de rien et sans courir aucun danger.

Le lendemain du jour où les troupes d'Annibal étaient réunies sur la rive gauche du Rhône, alors qu'il n'avait plus à faire passer que les éléphants, apprenant qu'une flotte romaine était à l'embouchure du fleuve, il envoya 300 cavaliers Numides avec ordre d'examiner quelles étaient les forces de l'ennemi, quelles étaient ses positions, quels étaient ses projets. De son côté, Publius Scipion, à peine débarqué, avait envoyé 300 cavaliers d'élite, avec des Marseillais qui devaient leur servir de guides et des Gaulois auxiliaires, pour tout

---

Annibal alors qu'il était encore à Carthagène, une allusion à ces légendes : « in quiete visum ab eo juvenem divina specie, qui se a Jove diceret ducem in Italiam Hannibali missum ; proinde sequeretur, neque usquam a se deflecteret oculos.... »

observer et pour reconnaître l'ennemi sans se hasarder. La rencontre fut très meurtrière, et les Romains, à qui l'avantage était resté, s'étaient avancés, pour tout examiner, jusqu'auprès du camp des Carthaginois [1].

Résolu à ne pas combattre les Romains en Gaule et à porter la guerre en Italie, Annibal, dès le lendemain de cette rencontre, fit avancer la cavalerie du côté de la mer pour se protéger, et ordonna à son infanterie de remonter rapidement le long du Rhône ; dès qu'il le put, il plaça ses éléphants à l'arrière-garde, auprès de la cavalerie [2].

Il y avait trois jours qu'il poursuivait sa marche dans la vallée du Rhône, lorsque Publius arriva avec son armée à l'endroit où les Carthaginois l'avaient passé. Il était convaincu qu'ils n'oseraient se diriger vers l'Italie par une route où ils devaient rencontrer des peuplades barbares nombreuses et perfides. Voyant qu'ils avaient pris l'avance et qu'ils lui échappaient, il se hâta de retourner vers sa flotte, espérant arriver à temps en Italie pour arrêter Annibal à la descente des Alpes [3].

Annibal avait-il eu l'intention d'aller directement vers les Alpes par la vallée de la Durance ou par celle de l'Aygues ? Ne s'est-il décidé à remonter le Rhône que pour se dérober à une attaque des Romains ? C'est ce qu'on ne saurait dire [4].

Par une marche continue de quatre journées [5], Annibal parcourut

---

[1] Polybe, III, 44, 45. — Tite-Live, XXI, 26, 29. L'historien latin dit qu'Annibal avait envoyé 500 cavaliers numides. Suivant lui les Romains auraient perdu environ 160 hommes, moitié romains, moitié gaulois, les Carthaginois plus de 200. Polybe dit 130 cavaliers romains ou gaulois, et 200 numides.

[2] Polybe, III, 45, 47. — Tite-Live, XXI, 29, 30, 31.

[3] Polybe, III, 49. — Tite-Live, XXI, 32.

[4] On lit dans Tite-Live, XXI, 31 : Mediterranea Galliæ petit, non quia rectior ad Alpes via esset, sed, quantum a mari recessisset, minus obvium fore Romanum credens, cum quo, priusquam in Italiam ventum foret, non erat in animo manus conserere. — Polybe est muet à cet égard. — M. Hennebert, Histoire d'Annibal, Ier vol., p 455, et IIme vol., p. 77, affirme que l'itinéraire d'Annibal étant arrêté d'une manière invariable, « la présence de Scipion aux Bouches du Rhône n'était pas un incident de nature à introduire une variante en son itinéraire ! »

[5] Polybe, III, 49. — Tite-Live, XXI, 31.

le long du Rhône 600 stades [1], ce qui donne à peu près 28 kilomètres par jour.

Il arriva ainsi sur les bords de l'Isère [2], vers une contrée, très peuplée et très fertile, limitée par l'Isère, par le Rhône et par des montagnes presque impénétrables, qui ne sont autres que le massif de la Grande-Chartreuse. En raison de sa position, qui l'isole ainsi de toutes parts, Polybe et Tite-Live [3] l'appellent l'Ile, et le premier la compare à un delta, parce qu'il ne tient pas compte de l'angle que le Rhône fait à Lyon et suppose que son cours est en ligne droite.

Dans cette contrée deux frères se disputaient le pouvoir; Annibal appelé par l'aîné, le débarrassa de son rival, et obtint de lui de précieux secours, des armes, du blé et d'autres provisions, des vêtements, des chaussures. Ce chef « fit plus, dit Polybe; comme les Carthaginois n'étaient pas sans crainte, ayant à traverser le pays des Gaulois qu'on nomme Allobroges, il les escorta avec ses troupes et protégea leur marche jusqu'au moment où ils furent au pied des Alpes [4]. »

---

[1] Polybe dit que, du point où Annibal passa le Rhône à l'entrée des Alpes, il y avait 1,400 stades (III, 39), mais qu'il y en avait 800 de l'Isère aux Alpes (III, 50); il y en avait donc du passage du Rhône à l'Isère 600, ce qui donne 111 kil ; la distance de Pierrelatte à l'Isère est en effet de 113 kil.

[2] Polybe, III, 47, 49 ; Tite-Live, XXI, 31 et suiv. — Dans les éditions de Polybe, la leçon ὁ Ἰσάρας n'est qu'une conjecture des éditeurs ; les manuscrits portent Σκάρας ou Σκώρας. Ce nom de *Scoras* ou *Scaras* a donné lieu à beaucoup de conjectures, à beaucoup de discussions, et M. Hennebert, dans son *Histoire d'Annibal*, IImᵉ vol., p. 84, dit encore que ce nom est inconnu, ne se rencontre nulle part chez les anciens géographes. Cependant M. Valkenaër (*Géographie des Gaules*, Iᵉʳ vol., p. 133) avait fait remarquer que c'est ainsi que l'Isère se trouve nommée, à une légère altération près, Σίκαρος, dans la plupart des manuscrits de Ptolémée, et par conséquent dans la plupart des anciennes éditions de cet auteur, qui ont copié les manuscrits littéralement, éd. d'Ulm, 1482, de Strasbourg, 1513, 1520, 1522. — De même l'altération des mots *ibi Isara (bisarar)* dans quelques manuscrits de Tite-Live avait donné lieu à des conjectures ; on avait cru y trouver une désignation de la Saône, et l'on a, dans un grand nombre d'éditions, introduit le mot *Arar*, comme Casaubon dans le texte de Polybe Ἀράρος. Les savants, au lieu de reproduire le texte des meilleurs manuscrits, se plaisaient à le corriger, et faisaient passer leurs conjectures dans les éditions.

[3] Polybe, III, 49. — Tite-Live, XXI, 31.

[4] III, 49.

Suivant Tite-Live, ce peuple divisé par la querelle de deux frères, c'étaient les Allobroges, et les Allobroges n'habitaient pas dans l'île ; ils étaient auprès de l'île [1].

Polybe ne désigne les habitants de l'île que par le seul nom de barbares [2], et pour lui ce ne sont pas des Allobroges ; il y a une confédération Allobrogique qui s'étend sur un vaste territoire ; les habitants de l'île se joignent comme auxiliaires à Annibal pour qu'il puisse traverser sans crainte le pays qu'elle occupe ; les petits chefs des Allobroges n'osent l'attaquer tant qu'il est escorté par les « barbares », ses alliés ; mais à son entrée dans les Alpes, il sera attaqué par les Allobroges [3].

Ainsi ce peuple, chez lequel intervint Annibal, habitait dans l'île, d'après Polybe, et n'était pas Allobroge ; il était Allobroge suivant Tite-Live et n'habitait pas dans l'île. Mais les deux historiens sont d'accord pour témoigner nettement que les Allobroges n'étaient pas où nous les voyons au temps de César [4].

Polybe et Tite-Live ne disent pas qu'Annibal ait pénétré dans l'île, et il est probable qu'il n'a pas traversé l'Isère [5].

Quelle direction suivit-il à partir de l'île ?

Polybe dit que du point où il passa le Rhône, en se dirigeant le long du fleuve, comme si l'on allait vers sa source, παρ' αὐτὸν τὸν ποταμὸν ὡς ἐπὶ τὰς πηγάς, il y avait jusqu'à l'entrée des Alpes 1400 stades [6] ; et de même qu'après avoir placé à l'arrière-garde la cavalerie et les éléphants, il s'avança le long du fleuve, παρὰ τὸν ποταμόν, se dirigeant de la mer vers l'Orient, ἀπὸ θαλάττης ὡς ἐπὶ τὴν ἔω, c'est-à-dire vers l'intérieur de l'Europe [7] ; et enfin qu'après avoir en dix jours,

---

[1] XXI, 31 : incolunt prope Allobroges... sedatis certaminibus Allobrogum...

[2] III, 50.

[3] III, 50, 51.

[4] M. Hennebert, *Histoire d'Annibal*, IIme vol., p. 109, 110, met les Allobroges dans l'île et dit : « l'Ile des Allobroges ». Il a contre lui les deux historiens anciens.

[5] M. Hennebert, *Histoire d'Annibal*, IIme vol., p. 110 : « Annibal pénétra dans l'île avec toutes les forces dont son allié fidèle était en droit d'attendre l'appui..., les textes sont muets... nous pensons que l'armée Carthaginoise est entrée tout entière dans l'île », affirmation que rien ne justifie.

[6] III, 39.

[7] III, 47.

à partir de l'ile, c'est-à-dire du confluent de l'Isère et du Rhône, parcouru le long du fleuve, παρὰ τὸν ποταμόν, 800 stades, il commença à monter vers les Alpes[1].

Que signifient ces expressions παρὰ τὸν ποταμόν, παρ᾽ αὐτὸν τὸν ποταμόν? Dès qu'il s'agit de la marche à partir de l'ile, elles ne peuvent être prises dans leur sens littéral ; c'est ce que reconnaissent tous ceux qui se sont occupés de la question, et ceux-là mêmes qui, conduisant Annibal vers le Petit Saint-Bernard ou vers le Mont-Cenis, supposent qu'il a remonté le Rhône ou l'Isère. A partir du confluent, 800 stades mesurés le long du Rhône, conduisent vers les embouchures de l'Ain et de la Bourbre, mesurés le long de l'Isère, vers Montmélian ; mais, ni vers l'embouchure de l'Ain ni vers Montmélian, on n'est dans une région que l'on puisse considérer comme l'entrée des Alpes. Si l'on suppose qu'Annibal a quitté le Rhône, soit au confluent de l'Isère, soit à Vienne, pour aller directement à Aoste-Saint-Genis, et de là, par la vallée du Rhône, au pied du Mont-du Chat, on ne peut pas dire qu'il soit arrivé à l'entrée des Alpes, et dire qu'il a marché le long du Rhône serait très inexact, puisque la plus grande partie de sa marche se serait faite loin du fleuve. A-t-il quitté l'Isère pour remonter la vallée de la Gresse ou celle du Drac ou celle de la Romanche? Il n'a pas marché le long d'une rivière, mais successivement le long de l'Isère et le long d'une autre rivière.

Quelque direction que l'on suive, quelque voie que l'on essaie, on est dans l'impossibilité de donner un sens littéral à cette expression παρὰ τὸν ποταμόν, et on est obligé de reconnaître qu'il la faut interpréter. Mais on ne pourra s'arrêter à une interprétation arbitraire ; une interprétation ne sera bonne et acceptable qu'à la condition qu'elle soit autorisée, indiquée par Polybe lui-même.

Ces expressions n'indiquent, comme l'a montré M. Letronne[2], qu'une direction générale.

Polybe croit que les Alpes sont, non pas au nord et à l'ouest de la cisalpine, mais au nord, qu'elles s'étendent sur une ligne continue de l'ouest à l'est entre Marseille sur les bords de la mer de Sardaigne et le golfe Adriatique, que d'un côté coule le Pô, et, sur le versant nord

---

[1] III, 50.
[2] *Journal des Savants,* 1819, p. 755.

de la chaîne, parallèlement au Pô, le Rhône, qui prend sa source vers le golfe Adriatique et coule vers le couchant d'hiver[1].

Il a eu soin de nous dire qu'il se bornerait à indiquer, au sujet des différents pays, une orientation générale, leur situation par rapport aux points cardinaux. Quand il dit à propos de la marche d'Annibal qu'elle se fait le long du fleuve, παρὰ τὸν ποταμόν, il entend par là qu'elle se fait dans la direction de l'est, et aussi ajoute-t-il ὡς ἐπὶ τὴν ἔω, et s'il dit : en allant vers la source, ὡς ἐπὶ τὰς πηγάς, c'est encore pour indiquer cette marche générale vers l'est.

C'est ainsi qu'à propos des populations qui occupèrent la vallée du Pô, il semble dire que les Lèves et les Lébèques s'établirent vers les sources du fleuve : τὰ μὲν οὖν πρῶτα καὶ περὶ τὰς ἀνατολὰς τοῦ Πάδου κείμενα... κατώκησαν ; mais ils étaient, sur les bords du Tessin, entre les Taurini et les Salasses d'une part, les Insubres de l'autre ; les mots περὶ τὰς ἀνατολὰς τοῦ Πάδου ne peuvent être pris dans leur sens littéral et n'indiquent qu'une direction générale, une orientation, une position à l'ouest des Insubres[2].

Polybe, qui nous a prévenus qu'il ne donnerait pas les noms des pays des fleuves et des villes, nous apprend seulement que la région parcourue par Annibal était occupée par des populations allobrogiques, qu'il craignait de s'y engager, que, tant qu'il fut dans la plaine, il ne fut pas attaqué par les petits chefs allobroges, κατὰ μέρος ἡγεμόνες τῶν Ἀλλοβρίγων, parce qu'ils craignaient sa cavalerie et « les barbares », qui l'accompagnaient[3]. Il ne dit pas quels étaient les noms de ces diverses peuplades, et s'il fournit quelque autre indication géographique, c'est celle des distances parcourues.

Nulle contradiction, du reste, entre l'historien grec et l'historien

---

[1] II, 14, 15 ; III, 47. Polybe était allé dans les Alpes pour suivre la marche d'Annibal ; la partie intéressante pour lui, c'était le passage des Alpes proprement dit ; il a décrit avec soin les difficultés naturelles et les attaques des Gaulois qui firent courir à Annibal de grands dangers ; il a parlé avec moins de détails de la marche entre le Rhône et la Durance ; probablement il n'avait pas suivi, dans cette partie, la marche d'Annibal et, allant vers l'Espagne, il avait descendu la Durance ; aussi n'a-t-il pas une idée exacte de la direction que suit le Rhône. S'il avait rejoint le Rhône par la vallée de l'Isère ou par la vallée de la Drôme, il saurait que le Rhône, à partir de ce qu'il appelle l'Ile, se dirige vers le sud.

[2] II, 17.

[3] III, 49, 50.

latin ; si l'un a laissé intentionnellement une lacune, l'autre, qui puise à plusieurs sources et que rien ne nous autorise à récuser, va nous permettre de la combler.

« Les discussions des Allobroges apaisées, *sedatis certaminibus Allobrogum*, dit Tite-Live [1], Annibal, qui se dirigeait vers les Alpes, n'en prit pas encore directement le chemin, *non recta regione iter instituit* ; il se détourne sur la gauche vers le pays des Tricastins, *ad lævam in Tricastinos flexit* ; de là, par l'extrémité du pays des Voconces, *per extremam oram Vocontiorum agri*, il marcha vers le pays des Tricoriens, *tetendit in Tricorios,* sans éprouver sur sa route aucun retard, jusqu'aux bords de la Durance, *priusquam ad Druentiam flumen pervenit.* »

Et ce témoignage de Tite-Live est confirmé par Ammien Marcellin qui dit qu'Annibal passa par le pays des Voconces et par celui des Tricorii [2], par Silius Italicus [3], qui parle de la facilité avec laquelle Annibal parcourut les territoires des Tricastins et des Voconces, par Silius Italicus [4] et par Ammien Marcellin [5], qui disent qu'il traversa la Durance.

Mais comment Annibal, après avoir remonté le Rhône jusqu'au confluent de l'Isère, l'aurait-il redescendu jusqu'au pays des Tricastins qui étaient au midi de la Drôme, sur les bords de l'Aygues ? Ce serait étendre bien loin les limites de la Confédération allobrogique, ce serait lui faire faire un détour bien long, et l'on ne comprendrait pas que nos historiens n'aient rien dit de cette nouvelle marche le long du fleuve.

Les mots *sedatis certaminibus Allobrogum* constituent une donnée inexacte. C'est, après avoir passé le Rhône, et non pas en quittant les bords de l'Isère, qu'Annibal, prenant sur sa gauche, a traversé le pays des Tricastins. Ces mots de Tite-Live : *non recta regione iter instituit,* ne se comprennent pas si l'on est sur l'Isère ; ils sont exacts, si l'on se reporte au point où Annibal a traversé le Rhône ; s'il a

---

[1] XXI, 31.

[2] XV, 10.

[3] III, v. 466, 467. Jamque Tricastinis intendit finibus agmen,
　　　　　Jam faciles campos, jam rura Vocontia carpit.

[4] III, v. 468.

[5] XV, 10,

remonté le Rhône, a dit ailleurs Tite-Live lui-même, ce n'était pas que ce fût le chemin le plus court pour aller vers les Alpes, *non quia rectior ad Alpes via esset*[1] ; au lieu d'aller en ligne droite dans cette direction vers l'est qu'il a suivie depuis les Pyrénées, il prend sur sa gauche pour remonter le Rhône, par le pays des Tricastins.

L'intervention d'Annibal entre les deux frères qui, dans l'Ile, se disputaient le pouvoir, les secours de toute nature qui lui furent donnés par l'un d'eux, le retinrent certainement pendant plusieurs jours sur les bords de l'Isère, du moins à proximité de cette rivière.

Pour aller des points qu'il occupait sur les bords du Rhône au pays des Tricorii, c'est-à-dire vers le Trièves et le Champsaur, vers le pays de Gap, pour aller vers la Durance, Annibal a-t-il pris la vallée de l'Isère, a-t-il pris la vallée de la Drôme ? Tite-Live ne nous fournit pas à ce sujet une indication précise ; si Annibal a suivi la Drôme, il a traversé le pays des Voconces qui occupaient Aouste, Die, Luc-en-Diois, et c'est arrivé à l'extrémité de leur territoire, *per extremam oram,...* qu'il a pénétré chez les Tricorii ; s'il a suivi l'Isère, il aurait longé leur territoire et on interpréterait en ce sens les mots *per extremam oram.*

Polybe, qui indique les distances parcourues, nous permet de sortir d'incertitude.

« De l'endroit, dit-il, où l'on avait passé le Rhône, en se dirigeant le long du fleuve comme si l'on allait vers sa source, il y avait jusqu'à l'entrée des Alpes qui conduit vers l'Italie, 1,400 stades. »

Ces 1,400 stades comprennent 600 stades parcourus le long du Rhône pour arriver jusqu'à l'Isère ; aussi Polybe, dit-il ailleurs, qu'après avoir quitté les bords de l'Isère, Annibal parcourut en dix jours 800 stades dans la direction de l'est (le long du fleuve) et qu'il arriva ainsi à l'entrée des Alpes[2].

Et à partir de ce point, l'entrée des Alpes, commencera un autre

---

[1] XXI, 31. Comme l'ont vu quelques critiques, il y a lieu à des transpositions : *postero die, quum jam Alpes peteret, ad lævam in Tricastinos flexit et profectus adversa ripa Rhodani...* Et plus loin, alors qu'il s'éloigne de l'île : *Inde sedatis certaminibus Allobrogum, per extremam oram Vocontiorum agri tetendit in Tricorios.*
[2] III, 50.

calcul des distances, celui des 1,200 stades parcourus pour arriver à la vallée du Pô [1].

Or, si Annibal a pris par la vallée de l'Isère, par la vallée du Drac et de la Gresse, pour arriver chez les Tricorii par le col de la Croix-Haute et redescendre vers la Durance, il a parcouru non pas 800 stades, c'est-à-dire 148 kilomètres environ, mais 228 kilomètres, et s'il a suivi la haute vallée du Drac pour passer quelque autre col et redescendre sur Gap ou sur Chorges, la distance sera à peu près la même. S'il avait passé par la vallée de l'Aygues, il aurait parcouru, du Rhône à la Durance, 178 kilomètres.

Si, au contraire, il a suivi la Drôme, il n'y a d'Allex, c'est-à-dire de l'entrée de la vallée, jusqu'à la Durance, que 152 kilomètres [2], et de Livron 157, c'est-à-dire une distance sensiblement égale aux 800 stades (148 kilomètres) de Polybe.

Ainsi Annibal qui, probablement, pendant qu'il était en rapport avec les habitants de l'Ile, avait ses troupes campées entre l'Isère et la Drôme, les réunit sur les bords de cette dernière rivière, vers Livron et Allex ; de là, il remonte la vallée de la Drôme, passe le col de Cabre, descend la vallée du Buech, et va par Gap et Chorges jusqu'aux bords de la Durance [3].

Il fait cette marche en dix jours, comme le dit Polybe, c'est-à-dire à raison d'environ 15 kilomètres par jour. Pour Polybe, ce passage des chaînes subalpines n'est pas un pays de grande montagne ; c'est, relativement au passage des Alpes proprement dites, un pays de plaine [4].

---

[1] III, 39.

[2] D'Allex à Die, 47 kil ; de Die à Aspres, 55 ; d'Aspres à Gap, 27 ; de Gap par Chorges, jusqu'aux bords de la Durance, 23 kil. De Chorges l'armée serait descendue entre la Combe de la Marasse et le torrent des Mouillettes ; elle aurait atteint la Durance entre la Conche et Saint Michel au nord et Chanteloube au sud.

[3] M. Hennebert, *Histoire d'Annibal*. IIme vol., p. 275, dit qu'Annibal ne put passer par la vallée de l'Aygues, pays des Voconces(?), ni par la vallée de la Drôme, pays des Voconces et des Tricastins (?) qui occupaient un enclave (?) ; que « les Voconces avaient refusé le passage aux agents d'Annibal », et il en donne comme preuve ces mots de Tite-Live . *per extremam oram Vocontiorum*. Mais Tite-Live ne dit pas, comme le voudrait M. Hennebert, « qu'Annibal n'a pu pénétrer sur le territoire des Voconces et fut forcé d'en contourner les limites ».

[4] Tant qu'Annibal, dit-il, était dans les plaines, ἐν τοῖς ἐπιπέδοις, il ne fut pas attaqué par les petits chefs des Allobroges (III, 50).

De même, Tite-Live dit qu'Annibal gagne les Alpes au milieu de populations bienveillantes, par des pays qui étaient surtout des pays de plaine, *campestri maxime itinere*[1]. Il ne fait que traduire le texte de Polybe ; mais il le fait précéder des mots : *ab Druentia*, qui n'ont aucun sens. Quand on est arrivé à la Durance, on est au pied des Alpes, et sur aucun point de la vallée on ne trouve une plaine entre la rivière et la montagne.

Tite-Live commet ici une erreur semblable à celle que nous avons déjà relevée ; l'obscurité des relations qu'il a sous les yeux, la difficulté de les concilier, l'impossibilité de les contrôler par l'étude des lieux ou du moins d'une carte, lui font transposer un détail et affirmer au sujet de la marche au-delà de la Durance, ce qui n'est vrai que de la marche entre le Rhône et cette rivière.

La description que Tite-Live nous a laissée de la Durance et des difficultés que présente le passage de cette rivière, est d'une vérité saisissante ; on a voulu y voir une vaine déclamation ; il faut y voir plutôt une preuve que Tite-Live était bien renseigné et une raison d'avoir confiance en lui.

« Cette rivière, dit-il, qui vient des Alpes, est de toutes celles de la Gaule la plus difficile à passer. En effet, malgré la quantité de ses eaux, *quum aquæ vim vehat ingentem,* elle ne peut recevoir des barques, parce que son lit, qui ne connaît point de rives, forme vingt courants toujours changeants, *nullis coercitus ripis, pluribus simul neque iisdem alveis fluens,* et présente toujours des gués et de nouveaux tourbillons, *vada novosque gurgites,* qui rendent le passage incertain pour le piéton même, sans parler des roches et des graviers qu'elle charrie, *saxa glareosa,* et qui font perdre à chaque instant l'équilibre. Les pluies, qui l'avaient grossie, multipliaient alors les obstacles, et les soldats mêlaient au tumulte des flots des cris confus qui ajoutaient encore à leur trouble et à leur effroi[2]. »

Tel est bien l'aspect étrange, un peu effrayant, que présente la

---

[1] XXI, 3o : « Annibal ab Druentia campestri maxime itinere ad Alpes cum bona pace incolentium ea loca Gallorum pervenit ». Il faudrait « ad Druentiam », ou bien « a Rhodano ». On lit dans Silius Italicus, III, v. 467 .

Jam faciles campos, jam rura Vocontia carpit.

[2] XXI, 31. — Voir la description quelque peu emphatique donnée par Silius Italicus, III, v. 468 et suiv.

Durance, sur plus de huit kilomètres, dans la partie que commandent la Conche et Chanteloube sur la rive droite, Pontis, le Saulze et la Bréole sur la rive gauche ; son cours est des plus rapides[1] ; elle semble un immense torrent plutôt qu'une rivière ; ses eaux ne permettent jamais de sonder de l'œil à quelque profondeur ; elles sont d'un gris sale et avec la teinte des eaux glaciaires ; plus souvent bourbeuses et de la couleur sombre que leur donnent les terrains schisteux ; puis grossies, elles entraînent, avec fracas, des sables, des graviers, des pierres, des rochers ; dans les inondations, elles deviennent tumultueuses, terribles ; elles forment des dépôts, des îles, et les détruisent sans cesse, n'ayant que des rives incertaines et des courants toujours changeants ; dans ce grand lit de pierrailles, qui a au minimum 250 mètres, le plus souvent 500 mètres, 600 mètres de largeur, trois, quatre, cinq lits, où les eaux se précipitent; qui demain auront tout changé, creusé d'autres lits ; si les gens du pays traversent la rivière, c'est armés de longs bâtons, avec lesquels ils sondent devant eux, et ce n'est pas sans danger, car il y a tels fonds de sable où l'on serait englouti[2].

---

[1] Elle vient de descendre à partir de Briançon, sur 60 kil. plus de 500 m.; elle va descendre jusqu'au point où elle se jette dans le Rhône, sur 150 kil., plus de 650 m.; le Rhône, au-dessus de ce confluent, sur 150 kil., ne descend pas plus de 120 m.; la pente de la Durance est de Briançon à Savines, dix fois plus rapide ; elle est encore de Savines à l'embouchure cinq ou six fois plus rapide.

[2] Les auteurs qui supposent qu'Annibal a passé la Durance vers Embrun, et à plus forte raison, ceux qui veulent qu'il ne l'ait passée qu'à Briançon, accusent Tite-Live d'inexactitude. Larauza, *Histoire critique du passage des Alpes par Annibal*, p. 55 et 87, dit qu'il a vu la Durance avant et après Briançon, que des gens qui connaissaient bien le pays lui ont dit qu'à Embrun elle ne présentait pas les particularités que signale la description de Tite-Live, qu'à Embrun et au-delà elle est encaissée dans un lit régulier sans que son cours varie et offre les accidents signalés par l'historien latin, que ce n'est guère que vers Sisteron qu'elle commence à présenter les caractères que lui donne Tite-Live. Il invoque le témoignage du marquis de Saint-Simon (*Histoire des Guerres des Alpes ou campagne de 1744*), mais ne cite que le passage où il est dit que, ni à Briançon ni à Embrun, la Durance n'offre l'image que Tite-Live en a donnée — Le marquis de Saint-Simon dit, p. 27, 28 : « la direction de la marche conduit à la Bréoulle ou fort près ; la Durance, ayant reçu l'Ubaye, offre en ce lieu le tableau que Tite Live en a fait. Les Alpes qui sont au-delà se présentent telles qu'Annibal les a vues.... La description que Tite-Live fait des lieux se trouve conforme dans la route où je continuerai de suivre Annibal d'après Tite-Live, sans ajouter ni supposition ni présomption même de ma part. »

Annibal traversa la Durance ; c'est ce que disent Tite-Live et Ammien Marcellin [1].

Nous sommes arrivés à un point important dans la marche d'Annibal ; il vient de traverser les chaînes subalpines ; ses auxiliaires le quittent à l'entrée des Alpes, ἡ τῶν Ἄλπεων ὑπερβολή, que Polybe nomme ailleurs ἡ ἀναβολή τῶν Ἄλπεων, ἡ πρὸς τὰς Ἄλπεις ἀναβολή [2] ; et Polybe compte à partir de ce point les journées consacrées à franchir les Alpes [3], τὴν τῶν Ἄλπεων ὑπερβολήν ; le reste de la route ce sont les λοιπαί αἱ τῶν Ἄλπεων ὑπερβολαί [4].

Annibal est à l'entrée du grand passage des Alpes, au commencement de la marche par laquelle il va franchir la grande chaîne pour descendre ensuite en Italie.

A gauche, Annibal a la vallée de la Durance qui le conduirait directement au Mont-Genèvre, ou par un affluent, le Guil, aux cols du Queyras, notamment au col de la Croix. Mais il n'a pas remonté la Durance, il l'a seulement traversée.

A droite, les Alpes forment un massif presque infranchissable ; la chaîne principale va dans la direction du sud-est se relier aux Apennins, et il s'en détache à l'ouest des chaînons secondaires entre lesquels coulent des rivières, profondément encaissées, qui vont à la Méditerranée, la Tinéa, le Var, ou bien qui se jettent dans la Durance, le Verdon, la Bléone. Pour franchir les Alpes par cette région tourmentée, il faudrait les franchir plusieurs fois.

Devant lui est la vallée de l'Ubaye, la vallée où est aujourd'hui Barcelonnette. Si du Rhône on remonte la Durance, c'est la première vallée qui permette de passer directement en Italie ; peut-être Annibal, lorsqu'il arriva sur les bords du Rhône, avait-il l'intention de suivre cette ligne de la Durance et de l'Ubaye, et n'y a-t-il renoncé qu'en raison de la présence de l'armée romaine débarquée à Marseille. Maintenant par la vallée de la Drôme, il revient à cette vallée de l'Ubaye, qui, dans sa partie inférieure au moins, a la même direction, la direction vers l'est.

---

[1] XV, 10.
[2] III, 39, 50.
[3] III, 56.
[4] III, 39.

La vallée semble fermée[1]. Le long de la Durance, qui est à la cote 680, s'étend un chaînon que la rivière a coupé par une entaille profonde, où il n'y avait aucun passage avant qu'en ces dernières années on y ouvrît une route ; au nord, ce chaînon est à 1,052 mètres et se relie à un point coté 1,746ᵐ et en arrière au Grand-Morgon, 2,326ᵐ ; au sud, il a 1,020 mètres et se relie à un point coté 1,596ᵐ et au-delà au Grand-Colbas, 2,510ᵐ.

L'armée monte par la partie du chaînon qui est au nord de l'Ubaye, par Pontis et le Sauze, peut-être aussi par la partie sud et la Bréole.

Les Carthaginois, dans la dernière partie de leur marche vers la Durance, voyaient devant eux, ils voient maintenant de plus près cet encadrement vraiment grandiose de l'entrée de la vallée, à leur gauche au-delà du Grand-Morgon des cimes qui ont de 2,500 à 3,000 mètres, à leur droite au-delà du Grand-Colbas, Siolane qui en a 2,900. La région des neiges éternelles apparaît à leurs yeux.

« Alors, dit Tite-Live[2], quoique la renommée, qui ordinairement exagère les objets inconnus, eût d'avance prévenu les esprits, lorsque l'œil put voir de près la hauteur des monts, *ex propinquo visa montium altitudo,* les neiges qui semblaient se confondre avec les cieux, *nivesque cœlo prope immixtæ,* les huttes grossières établies sur les pointes des rochers, *tecta informia imposita rupibus,* les chevaux, le bétail paralysés par le froid, les hommes sauvages et hideux, les êtres vivants et la nature inanimée presque entièrement engourdis par la glace, cette scène d'horreur, plus affreuse encore à contempler qu'à décrire, renouvela les terreurs de l'armée. »

De ce chaînon qu'ils viennent de franchir, les soldats voient devant eux la rive droite de l'Ubaye dominée par les pentes abruptes des cimes de la Croix-d'Ubaye, 2,370ᵐ et 2,381 ; sur la rive gauche, deux éperons du Grand-Colbas : l'un de 1,227 mètres, coupe la vallée comme une vaste muraille, et se termine sur la rivière par une

---

[1] Voir pour le passage de la Durance, l'entrée des Alpes, les positions successivement occupées par les Carthaginois, lors de la première attaque, celles des Gaulois et leur castellum du Lauzet, les cartes de l'État-Major au 80,000ᵉ : Carte de la France, feuille 200, *Gap* (quarts S. O. et S. E.) et Carte de la frontière des Alpes en courbes de niveau, feuilles de *Gap* et de *Barcelonnette* ; Carte du Ministère de l'Intérieur au 100,000ᵉ, feuilles de *Tallard* et de *Barcelonnette*.

[2] XXI, 32 ; voir Silius Italicus, III, v. 477 suiv.

pente escarpée, nommée le Pierras ; c'est celui qui porte aujourd'hui le fort Saint-Vincent, élevé de près de 500 mètres au-dessus de la rivière ; l'autre en arrière, de 1,514 mètres d'élévation, celui qui s'appelle le Chastelard. Entre le chaînon, qui est au bord de la Durance, et ce contrefort de Saint-Vincent, qui est à 7 kilomètres de l'embouchure de l'Ubaye, s'étend un bassin, où se trouve le village d'Ubaye (742ᵐ), bassin qui semble fermé. La rivière y arrive par un défilé très étroit, qui, commandé de toutes parts, paraît infranchissable. Un chemin, le seul que l'on trouve marqué sur les cartes de Cassini et de Bacler d'Albe, passe par dessus la crête de Saint-Vincent et redescend de l'autre côté sur l'Ubaye, par les prairies du Prayet et du Clos du Dou ; au milieu des vastes éboulements du Pierras, on voit des vestiges d'anciens chemins [1].

Les Gaulois occupent les positions favorables, la position de Saint-Vincent, et probablement celle du Chastelard.

« Annibal, dit Polybe [2], courut alors les plus grands dangers... Dès que les Gaulois qui l'avaient accompagné furent partis, et que ses troupes eurent commencé à s'engager dans les passages difficiles, εἰς τὰς δυσχωρίας, les chefs des Allobroges, réunis en nombre suffisant, συναθροισθέντες οἱ τῶν Ἀλλοβρίγων ἡγεμόνες, ἱκανὸν τὸ πλῆθός, s'emparèrent des positions avantageuses, τοὺς εὐκαίρους τόπους, par lesquelles il fallait de toute nécessité que l'ennemi passât, δι' ὧν ἔδει τοὺς περὶ τὸν Ἀννίβαν κατ' ἀνάγκην ποιεῖσθαι τὴν ἀναβολήν. »

Et il ajoute : « S'ils avaient caché leur manœuvre, ils auraient détruit toute l'armée carthaginoise ; mais ils laissèrent voir leur dessein, et s'ils causèrent à Annibal de grandes pertes, les leurs ne furent pas moins sensibles. »

« Au moment, dit Tite-Live [3], où l'armée franchissait les premières éminences, apparurent les montagnards établis sur les positions qui dominaient le passage : *erigentibus in primos agmen clivos apparuerunt imminentes tumulos insidentes montani ;* s'ils avaient occupé

---

[1] Le terrain est de schistes argilo-calcaires au milieu desquels les soldats d'Annibal pouvaient se frayer un chemin.

[2] Pour tout ce qui est relatif à la première attaque, voir III, 50 et 51.

[3] XXI, 32. Voir pour tout ce qui est relatif à la première attaque, les chapitres 32, 33.

des vallons cachés aux regards, *valles occultiores*, attaquant l'ennemi par surprise, ils lui auraient fait éprouver une déroute complète et une perte immense. »

Au lieu d'occuper, en vue des Carthaginois, les positions dominantes, Saint-Vincent, le Chastelard, ils auraient pu se dissimuler derrière ces deux contreforts, et, par surprise, écraser l'armée.

Annibal arrête sa marche, fait faire une exploration par des Gaulois, reconnaît que l'ennemi a occupé les positions avantageuses, τοὺς εὐκαίρους τόπους, *imminentes tumulos*, et qu'il n'est pas possible de passer, *transitum ea non esse*.

Il fait camper ses troupes [1] ; « le camp est assis dans toute la partie de la vallée qu'il est possible d'occuper, *quam extentissima potest valle*, sur un terrain très tourmenté et très raviné, *inter confragosa omnia præruptaque*. »

Tel est bien l'aspect du vallon où est le village d'Ubaye ; il suffit du reste, de jeter un coup d'œil sur la carte d'état-major. L'armée est probablement restée sur la rive droite ; elle peut occuper un espace de 3 kilomètres environ, 1 kilomètre vers Ubaye avec 200 mètres de largeur, 2 kilomètres au Plan et au-delà sur une largeur moyenne de 300 mètres, ce qui donne environ 80 hectares, mais d'un terrain inégal, coupé par cinq torrents.

Annibal apprend par ses éclaireurs que chaque nuit les Gaulois se retirent dans une ville qui est voisine, πόλιν, *castellum*, ou dans leurs habitations isolées, *in sua quemque dilabi tecta* ; « il fait en plein jour avancer ses troupes, se rapproche des positions qui lui ferment le passage et campe non loin des ennemis » ; « il se place sous les éminences qu'ils occupent, comme s'il était résolu à franchir les défilés en plein jour et de vive force. Toute la journée il cache, par des manœuvres trompeuses, ses véritables projets, et il établit son camp à l'endroit où il s'était arrêté [2]. »

Il vient donc de passer l'Ubaye ; il s'avance montant vers le sud

---

[1] Καταστρατοπεδεύσας πρὸς ταῖς ὑπερβολαῖς.

[2] Προῆγεν ἐμφανῶς, καὶ συνεγγίσας ταῖς δυσχωρίαις, οὐ μακρὰν τῶν πολεμίων κατεστρατοπέδευσε. — Luce prima subiit tumulos, ut ex aperto atque interdiu vim per angustias facturus. Die deinde simulando aliud quam quod parabatur consumpto, quum eodem quo constiterant loco castra communissent...

entre le ravin qui descend du Lautaret et le ravin du Laus qui le protège du côté de Saint-Vincent ; son camp peut occuper une largeur d'un kilomètre à peu près sur environ un kilomètre et demi en montant jusque vers les terrasses du Lautaret, d'où les troupes pourront, par les terrasses de l'Auchette, s'élever aisément jusqu'à la crête de Saint-Vincent.

La nuit venue, il fait allumer les feux, mais, avec des hommes d'élite, armés à la légère, il s'engage dans les défilés et s'empare des hauteurs abandonnées par les Gaulois[1]. Il ne pouvait attaquer de front la position de Saint-Vincent, mais il l'aborde par les hauteurs de Lautaret et de l'Auchette, et de Saint-Vincent, par les prairies du Prayet et du Clot du Dou, va jusqu'au Chastelard qu'il occupe ; en même temps, par le Pierras, il s'avance sous ces deux positions.

Le défilé ne peut être franchi par la rive droite de l'Ubaye ; en face du Pierras, la Roche ; plus loin, Rocherousse, et, au-delà de Rocherousse, des escarpements ferment tout accès et sur trois kilomètres environ le passage est impraticable. Sur la rive gauche s'élèvent également des rochers abrupts et il faut passer à flanc de montagne, à une assez grande hauteur, à 100 ou 150 mètres au-dessus de l'Ubaye, dans les éboulements du Pierras.

Polybe décrit avec soin les obstacles et les dangers au milieu desquels se trouvent la cavalerie et les bêtes de somme, « ce passage étroit et difficile que borde le précipice, » et de même Tite-Live « les escarpements et les précipices de ce défilé[2]. »

Les Gaulois, au matin, voyant les hauteurs occupées par une partie de l'armée carthaginoise, l'autre partie de l'armée déjà engagée dans les défilés[3], hésitent d'abord à attaquer ; mais, comprenant de quel

---

[1] διῆλθε τὰ στενά... καὶ κάτεσχε τοὺς ὑπὸ τῶν πολεμίων προκαταληφθέντας τόπους. — Raptim angustias evadit, iisque ipsis tumulis, quos hostes tenuerant, consedit.

[2] οὔσης γὰρ οὐ μόνον στενῆς καὶ τραχείας τῆς προσβολῆς, ἀλλὰ καὶ κρημνώδους, — præcipites deruptæque utrimque angustiæ. — Le mot utrimque marque bien que la rivière était profondément encaissée, que des deux côtés également il y avait des escarpements ; mais si quelques soldats essayèrent de passer par la rive droite, arrivés à la Roche, ils durent y renoncer.

[3] Alios, arce occupata sua, super caput imminentes, alios via transire hostes.

avantage sont pour eux l'habitude et la connaissance des lieux, alors que l'armée carthaginoise est dans une position critique, ils prennent à mi-hauteur sur les flancs de la montagne, dans des pentes qui semblaient inaccessibles et au milieu de rochers bouleversés et brisés, *perversis rupibus juxta invia ac devia adsueti decurrunt*. Ces expressions et notamment les mots *perversis rupibus* sur lesquels on a beaucoup discuté, ne sont que la désignation exacte du vaste éboulement du Pierras.

La difficulté des lieux[1] fait perdre plus de monde aux Carthaginois que l'attaque des Gaulois ; dans ce passage étroit la confusion augmente le danger, et blessés par l'ennemi ou se heurtant les uns les autres, des chevaux, des bêtes de somme avec leurs bagages, des hommes même avec leurs armes roulent dans le précipice, κατὰ τῶν κρημνῶν, *in immensum altitudinis*.

A cette vue, Annibal qui occupe le point culminant, l'*arx*, comme dit Tite-Live, fond sur les Gaulois[2], met à mort la plupart d'entre eux, les autres en fuite ; mais, disent nos historiens, ce ne fut pas sans nuire au gros de son armée que les Gaulois dominaient eux-mêmes.

Telle fut cette première attaque où l'armée d'Annibal aurait pu être anéantie, où elle courut les plus grands dangers et fit des pertes aussi considérables que celles de l'ennemi ; un moment elle fut coupée et faillit perdre ses bagages ; beaucoup d'hommes périrent, beaucoup de chevaux et de bêtes de somme, et les Gaulois firent des prisonniers.

Annibal, avec les hommes qu'il put réunir, se hâta de marcher vers la ville[3] où les Gaulois se retiraient pendant la nuit ; il s'en empara le jour même, y trouva des Carthaginois qu'on avait faits

---

[1] Δυσχωρία, iniquitas locorum. οὐχ οὕτως ὑπὸ τῶν ἀνδρῶν, ὡς ὑπὸ τῶν τόπων. Simul ab hostibus, simul ab iniquitate locorum Pæni oppugnabantur.

[2] Decurrit ex superiore loco, ἐξ ὑπερδεξίων. — Les pentes au N.-N.-E. du fort s'appellent *Rochers de guerre*, sans doute en souvenir de combats plus récents : il ne faut pas oublier que le fort Saint-Vincent était la limite de la France avant le traité d'Utrecht et que le Chastelard appartenait au Piémont.

[3] III, 50, εἴς τινα παρακειμένην πόλιν... εἰς τὴν πόλιν. *Ibid.*, 51, προσέβαλε πρὸς τὴν πόλιν, ἐξ ἧς ἐποιήσαντο τὴν ὁρμὴν οἱ πολέμιοι. — Tite-Live : Castellum inde quod caput ejus regionis erat viculosque circumjectos capit.

prisonniers, des bêtes de somme et des chevaux qu'on lui avait enlevés, des grains et du bétail de quoi nourrir son armée pendant deux ou trois jours, et il y resta un jour pour la reposer.

Après avoir passé sous le fort Saint-Vincent, la route s'engage sous les pentes du Chatelard, franchit le Pas-du-Tourniquet, et arrive au Lauzet (ville du Lac).

Le *Castellum* n'est sans doute autre chose que le lieu naturellement fortifié où Cassini place le Lauzet, et où s'étendait ce village avant d'être rasé et incendié en 1691. C'est un terrain d'un peu plus de trois hectares, élevé d'une cinquantaine de mètres au-dessus de l'Ubaye, vers laquelle il a accès par un cirque en pente douce. Il est protégé au nord par la rivière, dont l'autre rive présente à ceux qui remontent la vallée, des escarpements infranchissables ; à l'ouest, une pointe rocheuse ; à l'est, un massif de rochers, appelé le Château, s'élevant l'un et l'autre en abrupt sur l'Ubaye, sans laisser aucun passage ; enfin au sud, la colline de la Crousette qui s'étend parallèlement à la rivière, forment une enceinte aisée à défendre. Un plateau de deux hectares environ, où l'on trouve les restes d'une construction du moyen âge, couronne le massif de l'est et assure aux assiégés un dernier refuge. La Crousette présente une série d'excavations qui forment des abris naturels et près desquelles était l'ancien village, et de l'autre côté, une série de lignes de rochers échelonnées en gradins dont on pouvait successivement défendre l'accès. L'ancienne route pénétrait dans le Lauzet, traversait le *Castellum* ; la nouvelle passe entre la Crousette et la montagne.

Le *Castellum*, les terrains de Saint-Laurent qui s'étendent jusqu'au moulin et aux rochers du Tour, les terrains à l'est du Lauzet donnaient un campement d'environ 40 hectares, sans compter les gradins de la montagne qui domine le Lauzet.

Telle est cette position, l'un de ces lieux de refuge et de défense qu'occupaient les Gaulois. C'était la clef de la vallée ; de là on pouvait, en une heure, se porter à Saint-Vincent, soit en suivant la rivière, soit en prenant par la montagne et en tournant le Chastelard, par un chemin difficile, mais où l'on avait l'avantage de garder les hauteurs [1].

---

[1] La différence d'altitude entre le Lauzet et Saint-Vincent est de 338 mètres ; entre le Lauzet et le Chastelard elle serait de 625 mètres. Le passage

De la Durance au Lauzet, Polybe et Tite-Live nous ont servi de guides ; sur une étendue de treize kilomètres en ligne droite, nous les avons suivis, reconnaissant à chaque pas l'exactitude de leurs indications, de leurs descriptions ; nous n'avons eu à faire aucun effort pour les concilier ou pour les interpréter ; ils étaient d'accord sur tous les points, et nous avons pris leurs textes, leurs expressions dans leur sens naturel et littéral. Qu'on ne nous dise pas que l'on voit dans les Alpes ce qu'on veut voir ; il en est peut-être ainsi lorsqu'on n'étudie d'assez près ni les textes, ni les lieux. Quand on analyse les textes anciens dans le plus grand détail, en donnant à chaque terme son sens précis, il s'en dégage un vaste ensemble de conditions topographiques nettement déterminées et coordonnées entre elles.

Ce sont d'abord, à l'entrée des Alpes, ces premières hauteurs d'où l'armée carthaginoise a une vue d'ensemble de la vallée et aperçoit devant elle les positions occupées par les Gaulois ;

C'est ce vallon, ce bassin qui semble fermé, et où il est possible d'asseoir deux campements, au milieu de terrains ravinés, l'un très rapproché des positions gauloises ;

Ce sont ces positions qui commandent le passage, barrant la vallée, occupées par les Gaulois d'abord, par Annibal ensuite ; ce sont des pentes si rapides qu'on ne peut y perdre pied sans être entraîné ; ce sont ces vastes éboulements dans lesquels est engagé le gros de l'armée carthaginoise, dans lesquels les Gaulois viendront prendre position entre cette armée qu'ils dominent et, d'autre part, Annibal qui occupe les points culminants avec l'élite de ses troupes ;

Ce sont, au-dessous de la ligne suivie par le gros de l'armée, les précipices, les abîmes ;

C'est enfin, à une assez faible distance, ce *castellum* dont Annibal s'empara, près duquel il put rassembler et faire camper son armée.

Voilà ce qu'il faut trouver réuni, ce qu'il faut nous montrer dans

---

par les hauteurs, au sud du Chastelard, est à 470 mètres au-dessus du Lauzet. La distance, à vol d'oiseau, entre le Lauzet et Saint-Vincent est de 5 kilomètres.

les lieux où l'on place la première attaque des Gaulois. Que l'on parcoure les Alpes, les textes anciens à la main, on ne rencontrera qu'au fort Saint-Vincent le vaste théâtre de cette grande lutte, où trois corps de troupes étaient engagés et où l'armée carthaginoise, par suite de la difficulté des lieux, fit des pertes si considérables.

Nous savons par Polybe qu'Annibal, entre le Rhône et les Alpes avait traversé une contrée occupée par des Allobroges et que c'est par des Allobroges qu'il fut attaqué à son entrée dans les Alpes ; et les expressions que Polybe a employées : οἱ κατὰ μέρος ἡγεμόνες, – συνα-θροισθέντες οἱ ἡγεμόνες ἱκανὸν τὸ πλῆθος, montrent que les différentes parties de leur territoire avaient leurs chefs particuliers, habitués à se concerter, à se réunir, à agir ensemble, formant ainsi une sorte de confédération [1].

Nous ne retrouverons plus dans le récit de Polybe le nom des Allobroges ; les Gaulois sur le territoire desquels Annibal va entrer, par lesquels il va être attaqué, Polybe les appelle simplement des « barbares », ou « ceux qui habitaient près du chemin suivi par Annibal ». On doit donc penser que la confédération allobrogique ne comprenait de la vallée de Barcelonnette que la partie inférieure, qu'elle ne s'étendait guère au-delà du Lauzet.

On conçoit qu'une confédération ne comprenne pas toujours les mêmes éléments ; tels en font partie à une époque qui, par mécontentement, par goût d'indépendance, viennent à s'en séparer ; d'autres en feront partie le jour où ils y trouveront leur intérêt. Ainsi entre l'époque d'Annibal et celle de César, la confédération allobrogique a pu perdre au sud-est comme elle gagnait à l'ouest, et peut-être certains peuples des Alpes s'en sont détachés au moment où venaient d'y entrer ceux qui habitaient entre le Rhône, l'Isère et le massif de la Grande-Chartreuse, au moment où les Allobroges, voisins du Rhône, se préparaient à la guerre, qui amena leur défaite et leur soumission aux Romains.

A ces changements tiennent les différences que nous avons eu à

---

[1] De même Tite-Live, XXI, 31, parle des *principes* des Allobroges et de leur *Senatus*.

constater entre les récits de nos deux historiens. Tite-Live dit bien que les Allobroges habitaient en dehors de l'Ile, mais il ne dit pas que les populations dont Annibal traversa le territoire entre le Rhône et la Durance, et les Gaulois qui l'attaquèrent à l'entrée des Alpes, fussent des Allobroges ; il appelle simplement ces derniers les montagnards, *montani*.

Après avoir repoussé l'attaque de ces *montani*, après avoir pris leur ville, « on arriva, dit Tite-Live, chez une nation assez nombreuse pour un peuple habitant les montagnes [1] » ; on entrait probablement chez les Vesubiani ou Esubiani [2].

Non seulement cette population habite un pays de montagnes, mais au lieu d'occuper au fond des vallées les points où sont aujourd'hui nos villes et nos villages, elle choisit les lieux élevés pour y asseoir ses demeures. Dès l'abord, Tite-Live nous a parlé d'habitations informes [3], placées sur des rochers, *tecta informia imposita rupibus ;* il désigne par le mot *castella* les points occupés par les Gaulois, les centres d'habitation : *Jam montani signo dato ex castellis ad stationem solitam conveniebant,* dit-il à propos de la première attaque [4] ; de même en parlant de leur ville : *castellum inde quod caput ejus regionis erat viculosque circumjectos capit* [5], et plus loin, quand il nous montrera les chefs se réunissant pour venir à la rencontre d'Annibal, il les appellera *principes castellorum* [6], expression analogue à celle par laquelle Polybe désigne les petits chefs des Allobroges.

Ces noms de châteaux, de *castella,* et leurs différents dérivés sont très généralement répandus et peuvent se rapporter, non pas à l'époque celtique, mais à l'époque romaine ou au moyen âge.

Mais quand Tite-Live appelle *castella* les points occupés à l'époque d'Annibal par les habitants de la vallée de l'Ubaye, comment n'être

---

[1] XXI, 34 : Perventum inde ad frequentem cultoribus alium, ut inter montana, populum.

[2] Voir mon *Étude sur la vallée de Barcelonnette à l'époque celtique,* p. 84 et 89 : Vesubiani d'après l'inscription de la Turbie, Esubiani d'après l'inscription de l'arc de Suse.

[3] XXI, 32.

[4] *Ibid*, 33.

[5] *Ibid.,* 33.

[6] *Ibid.,* 34.

pas frappé du nombre considérable des localités de la vallée qui sont désignées par ce nom : le Château de la Bréolle; le Chastelard en arrière de Saint-Vincent, occupé sans doute par les Gaulois, comme Saint-Vincent, lors de la première attaque ; le château de ce village du Lauzet que Tite-Live a désigné comme le *castellum,* chef-lieu de la contrée ; puis dans la partie plus large et plus habitée de la vallée, dans le bassin dont Barcelonnette occupe le centre, le château à Laverq, le chastelaret au-dessus d'Uvernet, le chastelaret au-dessus de Famou, le dernier chastel qui commande l'entrée des gorges au-dessus de Jausiers; dans le haut de la vallée de l'Ubaye, le châtelet de la Grande-Serenne, le point celtique le plus intéressant de toute la vallée ; le chastelet, en face de Maurin, à l'entrée de la vallée de la Marie et vers l'endroit où Annibal sera attaqué pour la deuxième fois ; enfin sur l'Ubayette, le chastelaret entre le Champ de Duran, Fouentette et les Gravettes, trois points où l'on trouve des objets celtiques ? Je ne note que les principaux, mais il faut ajouter que la géographie de . Maltebrun [1] mentionne une ancienne division de la vallée en châteaux bas et châteaux hauts, en aval et en amont de Barcelonnette.

Je ne prétends pas dire qu'Annibal ayant, d'après Tite-Live, rencontré sur son chemin des *castella,* les *castella* de la vallée de Barcelonnette prouvent qu'il n'a pas passé ailleurs. Je marque seulement que l'on rencontre dans cette vallée tout ce qui est signalé par les historiens de la marche d'Annibal.

Et les antiquités de l'époque celtique se trouvent comme les *castella* sur des lieux élevés, tandis que les antiquités romaines sont près de la voie romaine dans le fond de la vallée.

Ces antiquités sont disséminées dans toutes les parties de la vallée, souvent près des châteaux, des castelets, des chastelarets : à Saint-Vincent ; entre Saint-Vincent et la Durance, à la Bréole d'un côté, de l'autre à Pontis, à Aigoires ; sur une douzaine de points dans la partie la plus large et plus habitée ; puis à Gleizolles, vers le confluent de l'Ubaye et de l'Ubayette ; sur la Haute-Ubaye jusqu'à Maurin, sur l'Ubayette jusqu'à Larche.

On trouve sous des tumulus, sous ces amas de pierres qu'on nomme clapiers, sous de simples pierres, quelquefois sans aucun signe indi-

---

[1] *Géographie universelle,* édition donnée par M. Lavallée, t. II, p. 96.

cateur, au milieu des champs, des objets qui, par leur matière, leur forme et leur travail, se rapportent à l'époque où l'emploi du fer était inconnu : ce sont des hachettes en silex, en pierre polie, ce sont de nombreux objets en bronze, tels que des épées, des boucliers, des ornements de bouclier ou de ceinturon, des fibules, des agrafes, de forts anneaux passés aux jambes, des anneaux aux bras quelquefois en assez grand nombre pour former une sorte de gaine où sont encore enfermés les os ; mais tous ces objets en bronze n'ont pour ornements que des stries rectilignes, formant parfois des triangles ; enfin on trouve des colliers d'ambre et de verroterie grossière, et des poteries formées d'argile et d'amiante [1].

Nos deux historiens l'ont dit : La partie des Alpes par où a passé Annibal était habitée, elle était cultivée.

Annibal campa un jour au Lauzet, occupant sans doute la plaine étroite qui s'étend du côté de Saint-Laurent et du côté du lac, puis il se remit en marche, sans être inquiété. La vallée resserrée encore jusqu'à Méolans, puis ouverte jusqu'à Jausiers, était, suivant la remarque des anciens, plus facile à parcourir et plus habitée [2]. « Mais le quatrième jour, dit Polybe [3], il courut de nouveau de grands dangers. Par une ruse combinée en commun, συμφρονήσαντες ἐπὶ δόλῳ, ceux dont il traversait le territoire, se présentèrent à lui tenant des rameaux et des couronnes ; c'est, chez la plupart des barbares, le symbole de l'amitié, comme le caducée chez les Grecs. Annibal, qui se défiait quelque peu de ces démonstrations, mit tous ses soins à sonder leurs sentiments et à pénétrer leurs desseins. Ils connaissaient, disaient-ils, et la défaite de ceux qui avaient osé l'attaquer et la prise de leur ville ; ils répétaient que, s'ils venaient à lui, c'est qu'ils ne voulaient ni lui faire du mal, ni s'exposer à en souffrir, et ils promettaient de fournir des ôtages. Annibal hésita longtemps n'ayant en eux aucune confiance. Mais ensuite, calculant qu'accepter leurs offres,

---

[1] Voir mon *Étude archéologique et géographique sur la vallée de Barcelonnette à l'époque celtique,* et l'ouvrage de M. le Dr Ollivier : *Une voie Gallo-Romaine dans la vallée de Barcelonnette et le passage d'Annibal dans les Alpes.*

[2] Polybe, III, 52. — Tite-Live, XXI, 33, 34.

[3] III, 52, 53.

c'était les forcer peut-être à être plus circonspects et plus traitables, que les repousser c'était se faire de toutes ces peuplades des ennemis déclarés, il finit par accueillir leurs propositions et feignit d'entrer en amitié avec eux. Les barbares donnèrent des ôtages, fournirent du bétail en abondance, et enfin ils se livrèrent, pour ainsi dire, avec tant d'abandon qu'Annibal leur accorda peu à peu sa confiance et ne craignit pas de les prendre pour guides dans les défilés qui restaient à franchir, καθηγεμόσιν αὐτοῖς χρῆσθαι πρὸς τὰς ἑξῆς δυσχωρίας. Pendant deux jours ils marchèrent à la tête de l'armée, et tout à coup les Gaulois, dont nous avons déjà parlé, οἱ προειρημένοι, s'étant réunis et ayant suivi ses traces, l'attaquèrent... mais Annibal s'attendait à cette surprise, avait prévu cette attaque... »

De même Tite-Live [1] nous dit que, si Annibal fut exposé de nouveau aux plus grands dangers, ce fut *fraude et insidiis ;* que les chefs, *majores natu principes castellorum,* vinrent à lui, demandant son amitié, *amicitiam malle,* promettant d'obéir à ses ordres, *obedienter imperata facturos,* lui donnant et des ôtages et des guides, *itineris duces ;* qu'Annibal, après avoir hésité, les suivit, *duces eorum sequitur,* mais inquiet et se tenant sur ses gardes. Et plus loin [2], il emploie les expressions : *ex insidiis... ducentium fraus.*

Ainsi une entente s'était établie entre les Gaulois, qui avaient attaqué Annibal à l'entrée des Alpes, et les barbares qui habitaient le haut de la vallée ; ceux au milieu desquels se trouvait Annibal, qui lui avaient demandé son amitié, qui lui avaient donné des ôtages, qui s'étaient engagés à le conduire, qu'il avait acceptés comme guides, le mènent vers les lieux où on a résolu de l'attaquer ; ils l'ont trompé, ils l'ont trahi.

« Scipion avait pensé, dit Polybe [3], qu'Annibal n'oserait pas s'engager dans les vallées des Alpes, parce que ceux qui les habitaient étaient nombreux et perfides, διὰ τὸ πλῆθος καὶ τὴν ἀθεσίαν τῶν κατοικούντων τούς τόπους βαρβάρων. Annibal éprouva, comme l'avait pressenti Scipion, la perfidie des Gaulois.

Ces habitants des Alpes, qui jamais n'avaient vu d'étrangers, cru-

---

[1] XXI, 34.
[2] XXI, 34, 35.
[3] III, 49.

rent que les Carthaginois allaient tout détruire, allaient enlever les hommes et les troupeaux [1] ; de là cette lutte terrible, désespérée ; un échec ne les a pas découragés ; ils vont renouveler leur attaque, et, pour en assurer le succès, tous les moyens leur paraissent bons.

Après avoir passé le Chatelard, la Condamine et Tournous, Annibal a-t-il pris à droite pour remonter l'Ubayette, et redescendre en Italie par le col de Larche [2] et la vallée de la Sture. Non, ce n'est pas là le passage qu'ont décrit les anciens ; on n'y trouvera ni le point où les Gaulois attaquèrent pour la deuxième fois Annibal, ni ce rocher où il prit position pour se défendre ; enfin, si la descente sur la Sture est rapide, elle n'offre aucun danger, on n'y trouve aucun accident remarquable, ni ce défilé, ni ces neiges éternelles qui arrêtèrent Annibal. Ce passage de Larche, pris en lui-même, et indépendamment des obstacles que présente la vallée de Barcelonnette, est le plus facile de toute cette partie des Alpes ; celui du mont Genèvre seul est plus bas [3] ; mais ici les pentes sont moins rapides et la descente est moins difficile que celle de la Coche. Toutefois on n'en juge point ainsi lorsqu'on est vers Tournous, et pour remonter l'Ubayette, il faut s'engager d'abord dans une gorge étroite et désolée qui s'élève en pente roide jusque vers Meyronnes, dominée à gauche par d'immenses rochers, à droite par les bois de la Sylve. L'aspect des lieux et le manque de renseignements exacts détournèrent aisément Annibal du passage le plus facile, et il s'engagea dans la vallée supérieure de l'Ubaye.

A-t-il remonté l'Ubaye jusque vers ses sources pour descendre par le col de Longet sur la Vraïta de Chianale? On ne trouve pas, sur le chemin du col de Longet, l'emplacement de la deuxième attaque; on ne trouve, à la descente, ni obstacles, ni les neiges persistantes dont parlent les anciens.

Il n'a pas passé par ces cols vers lesquels il allait naturellement en remontant la pente des rivières, par ces cols qui sont du côté de France, d'un accès relativement facile, et dont la descente vers l'Italie

---

[1] Tite-Live, XXVII, 39.

[2] Ce col s'appelle aussi col de l'Argentière, col de Lautaret, col de la Magdeleine.

[3] Je ne parle que des grands passages ; le col de l'Échelle (1,791 m), au nord de Briançon est le point le plus bas de toute la chaîne entre la France et l'Italie.

ne présente pas de sérieuses difficultés. Vis-à-vis Maurin, il a quitté l'Ubaye pour s'engager dans le vallon de la Marie, où on va l'attaquer, et il n'en sortira que par des passages des plus difficiles, et si, contrairement à l'attente des Gaulois, il arrive en Italie, ce sera après avoir perdu, dans cette seconde attaque et au milieu des dangers de la descente, de 11 à 12,000 hommes. Il avait quelque peu raison, quand il se défiait de ses guides.

Tite-Live dit qu'Annibal, après avoir quitté le Lauzet, marcha pendant trois jours sans être arrêté, ni par les obstacles naturels, ni par les ennemis ; Polybe que, le quatrième jour « il fut exposé de nouveau aux plus grands dangers », que les Gaulois, après l'avoir accompagné et guidé pendant deux jours, l'amenèrent dans un passage où il allait être attaqué dans les conditions les plus défavorables pour lui [1]. Est-ce à dire que ces Gaulois ne se présentèrent que le quatrième jour et ne l'attaquèrent qu'au sixième ? Cette hypothèse ne permet pas d'expliquer les expressions de Polybe : les grands dangers dont il parle, ce n'est pas l'apparition de quelques Gaulois qui se préparent à tromper Annibal, c'est l'attaque même qui sera dirigée contre lui. D'autre part, le compte des neuf journées employées, d'après nos deux historiens [2], à monter vers les Alpes, suffirait pour prouver que cette attaque eut lieu le quatrième jour après le départ du Lauzet.

Nous avons vu qu'Annibal a, le premier jour, passé par le pas de Pontis, qu'il a trouvé devant lui les Gaulois maîtres des hauteurs, et s'est arrêté à Ubaye ; que, le deuxième jour, il a campé sous Saint-Vincent, et, la nuit venue, enlevé les hauteurs en même temps qu'il s'engageait dans le défilé ; que, le troisième jour, il a combattu les Gaulois et s'est emparé du Lauzet ; que, le quatrième jour, il y a séjourné pour reposer son armée.

Viennent ensuite quatre journées de marche dans la vallée jusqu'au point de la deuxième attaque. Annibal a pu aller, le premier jour, jusqu'auprès de Saint-Pons, à 17 kilomètres environ ; camper, le soir du deuxième, à 16 kilomètres de là, vers le Chatelard et la Condamine ; c'est pendant cette journée que, parcourant la partie la plus

[1] Polybe, III, 52. — Tite Live, XXI, 33.
[2] Polybe, III, 53. — Tite-Live, XXI, 35.

ouverte et la plus fertile de la vallée et avant d'arriver au confluent
de l'Ubaye et de l'Ubayette, il a vu venir à lui les *principes castello-*
rum, les chefs de la partie centrale de la vallée et de ses deux branches supérieures, des châteaux hauts. comme on dit encore aujour-
d'hui. Le troisième jour, retardé par les difficultés du chemin,
notamment à la Reissoles, il a pu camper au-dessus de la Condamine
entre le châtelet de la Grande-Serène et les métairies de Péned'hier,
c'est-à-dire à 13 kilomètres. Dans la première partie de la quatrième
journée, il aurait franchi les 8 kilomètres qui le séparaient du point
où il va être attaqué.

Ces quatre journées, c'est la cinquième, la sixième, la septième et
la huitième de sa marche à partir de l'entrée des Alpes.

Nous allons voir que, le soir de cette huitième journée, il occupe
une position sûre pour protéger le passage de ses troupes ; et que, le
neuvième, il avait rallié son armée et franchissait le col d'où il allait
descendre vers l'Italie.

Les Gaulois qui accompagnaient Annibal ont combiné leur action
avec les Gaulois qui ont déjà combattu à Saint-Vincent[1] ; ceux-ci en
viennent aux mains avec l'infanterie qui soutient à l'arrière ce choc
redoutable, *maxima vis a tergo.* En même temps la tête de l'armée,
où se trouvent les éléphants, les chevaux, les bêtes de somme, est
attaquée au moment où elle vient de s'engager dans un passage étroit,
dominé par une montagne du haut de laquelle les Gaulois font rouler
des rochers, *in angustiorem viam ex parte altera subjectam jugo in-*
super imminenti, dans un ravin difficile, aux bords escarpés, φάραγγά
τινα δύσβατον καὶ κρημνώδη, dans un défilé creusé par les eaux, χαρά-
δραν. « Les barbares, ajoute Polybe, ayant l'avantage des positions,
s'avançaient à flanc de montagne, ἀντιπαράγοντες ταῖς παρωρείαις, »
tantôt roulant des rochers, tantôt lançant des pierres à la main. »
Placée dans des conditions où elle ne peut se défendre elle-même,
coupée par des groupes de Gaulois qui fondent sur elle, *obcursantes*

---

[1] Voir pour la deuxième attaque Polybe, III, 52, 53, et Tite-Live, XXI, 34.— Voir
les cartes de l'État-Major au 80,000ᵉ : carte de la France, feuille 201 *Larche* (quart
N. O.) ; carte de la frontière des Alpes, feuille *Mont-Viso* ; la carte du Ministère de
l'Intérieur, au 100,000ᵉ, feuille *Molines.*

per obliqua, cette colonne fait en hommes, en chevaux, en bêtes de somme, des pertes considérables.

Annibal ne peut ni attaquer les Gaulois postés sur la montagne, ni s'engager dans le défilé où les siens courent le plus grand danger ; il s'établit de manière à leur porter secours et à repousser les Gaulois qui ont coupé sa colonne et l'ont séparé de ses chevaux et de ses bêtes de somme. Tandis que la moitié de son infanterie soutient à l'arrière le choc des ennemis, lui-même avec le reste, campé sur un rocher blanc qui offre une position sûre, περί τι λευκόπετρον όχυρόν [1], donne la main à sa colonne engagée dans le défilé et protège son passage pendant la nuit.

Tel est le récit de nos deux historiens : on reconnaîtra en face de Maurin, à l'entrée de la gorge de la Marie, les lieux qu'ils ont décrits. Le chemin qui conduit au col de Maurin et au col de Roure passait, il y a quelques années encore, le long de la rivière, dans le ravin étroit et rapide, dominé à gauche par des mamelons formant des gradins assez escarpés, à droite par la montagne qui forme l'angle de la vallée de la Marie et de celle de l'Ubaye. Cette montagne est extrêmement élevée et couronnée de neiges [2] ; mais à une certaine hauteur se trouve une partie en pente douce et boisée où l'on a aisément accès du côté de l'Ubaye, et les Gaulois qui s'y établissent se trouvent ainsi reliés avec ceux qui combattent l'infanterie d'Annibal. De là ils dominent tellement le passage de la Marie qu'ils n'ont qu'à jeter des pierres ou à rouler des rochers pour écraser les Carthaginois qui y sont engagés ; et ils peuvent, en conservant le même avantage, suivre une sorte de cordon gazonné qui se prolonge en corniche au flanc de la montagne, le long de la Marie.

Le terrain en pente mamelonnée, qui occupe tout l'espace entre cette rivière et la chaîne qui est à la gauche du passage [3], se termine sur l'Ubaye par des rochers abrupts, au milieu desquels on a récemment ouvert un chemin pour l'exploitation des carrières de marbre ; ces rochers présentaient un front inaccessible pour la cavalerie et les

---

[1] V. Laranza, *Histoire critique du passage des Alpes par Annibal*, p. 113, sur le sens de περί, et p. 108 sur les discussions relatives au sens du mot λευκόπετρον.

[2] C'est la Tête de Miéjour, 2,689 m., avec deux cimes plus au sud, 2,859 m. et 2,858 m.

[3] L'Alpet, 2,864 m., et plus au sud, la pointe haute de Mary, 3,212 m.

bêtes de somme obligées de s'engager dans le dangereux ravin de la Marie ; mais ils permettaient à Annibal de se porter au secours des siens, tout en restant relié avec la partie de son infanterie qui était aux prises avec les Gaulois sur les bords de l'Ubaye. Il occupe donc tout ce terrain qui lui permet de protéger la marche des siens, de descendre en un point quelconque du ravin de la Marie pour y combattre les Gaulois qui s'y sont jetés et ont coupé la colonne ; des rochers blancs de quartz talcifère occupent le centre de cette position, et vers la partie la plus élevée forment des monticules d'où il peut résister avec avantage aux Gaulois.

En montant, on franchit à la cote 2,165^m un ruisseau qui va se jeter dans la Marie, et plus haut, vers la cote 2,320^m, à 300^m au-dessus de l'Ubaye, la pente est assez faible, il se trouve un petit plateau à peine incliné où l'on est à l'abri des attaques, parce qu'on est entre deux ravins et qu'on est protégé par la Marie d'une part, de l'autre par ce ruisseau ; c'est là qu'Annibal passa la nuit.

Il fallait, par l'ancien chemin, une heure environ pour remonter la gorge de la Marie ; on quittait alors la rivière, et des pentes sur la gauche donnaient accès sur ces plateaux qu'occupait Annibal. C'est là que le lendemain il réunit son armée et se met en marche pour atteindre les passages supérieurs [1].

Les Gaulois tentèrent alors des attaques partielles pour enlever du butin ; ils avaient l'avantage de bien connaitre ces montagnes, tandis que souvent, dit Tite-Live, les Carthaginois s'égaraient en essayant de trouver des passages. Si nos deux historiens rendent compte de ces dernières tentatives des Gaulois, c'est en raison de la gravité qu'elles avaient pour une armée placée dans des conditions si difficiles, et non pas en raison de leur durée ; car Annibal atteignit dans cette même journée le sommet du col.

Je dois constater ici, comme je l'ai fait au sujet du récit de la première attaque, que, pour tout ce qui se rapporte à la deuxième et à la marche vers les points les plus élevés du passage des Alpes, les deux auteurs anciens sont absolument d'accord, et que nous n'avons jamais eu à interpréter leurs textes ; ils ne fournissaient pas un en-

---

[1] Προῆγε πρὸς τὰς ὑπερβολὰς τὰς ἀνωτάτω τῶν Ἄλπεων.

semble de données topographiques aussi considérables, parce que la deuxième attaque n'a pas eu la même importance et ne s'est pas développée sur une étendue aussi grande ; mais ils étaient suffisamment nets et précis, et leurs indications sont caractéristiques.

La longue colonne carthaginoise engagée dans un ravin profond, difficile ; une montagne qui le domine, aux flancs de laquelle sont les Gaulois, suivant de haut la marche de leurs ennemis, faisant rouler sur eux les rochers, jetant sur eux les pierres, descendant pour couper l'armée, pour séparer Annibal de sa cavalerie et de ses bêtes de somme ; d'autre part, une position sûre où Annibal s'établit avec une partie des siens pour repousser les attaques des Gaulois et dégager son armée. Voilà ce que décrivent Polybe et Tite-Live ; voilà ce que présente la vallée de la Marie.

Les Carthaginois se trouvaient dans un vaste cirque à pentes très rapides, dominé par des cimes très élevées, où apparaissaient les neiges éternelles[1]. Dans le haut de ce vallon de la Marie, de nombreuses dépressions qui semblent être des passages et sont impraticables, mais deux cols, l'un celui de Mary[2] qui conduit dans la vallée de la Maïra, l'autre, celui de Roure[3], qui permet d'accéder à la vallée de la Vraïta de Bellino.

On parvint au sommet des Alpes, dit Tite-Live[4], à travers des passages non frayés, *per invia pleraque et errores,* où l'on s'égarait souvent, soit par la perfidie des guides, *ducentium fraude,* soit par les conjectures de la défiance même qui engageait au hasard les troupes dans des vallons sans issue, *temere initæ valles.*

Annibal n'a pas passé par le col de Maurin ; dans les pentes rapides et étroites qui mènent à la Ciapéra et à Acceglio, on ne trouve nulle part un point où il pût camper, on ne rencontre aucune difficulté

---

[1] A l'Est, la Pointe haute de Mary, 3,212 m.; les Dents de Maniglia, 3,167 m.; la Pointe du fond de Roure, 3,162 m.; au sud, la Tête de Roure de Ciabriéra, 2,972 m.; la Tête de Cialancion, 3,006 m.; à l'ouest, les Glaciers de Marinet dominés par l'Aiguille de Chambeyron, 3,400 m.

[2] Col de Mary, de Marie, de Maurin.

[3] Col de Roux, de Roure, de Raoure, della Rue, appelé en Piémont col de Ciabriera.

[4] XXI, 35.

semblable à celle que présenta la descente sur l'Italie. Au lieu de s'engager dans cette vallée sauvage et désolée de la Maïra, il prit plus au nord le chemin plus direct de la vallée de la Vraïta, l'une des plus fertiles du Piémont.

Du col de Roure (2,750^m) on descend, soit dans la vallée de la Maïra, soit dans la vallée de la Vraïta ; les deux bassins sont séparés par une crête de peu de largeur et d'une certaine élévation. En suivant la pente des eaux, on irait vers la Maïra par les escarpements assez dangereux du vallon de Chabrière ; mais en prenant à gauche, à la base du pic de Cialanciette, on s'engage sur la ligne de partage et par une pente régulière on arrive sur les Terres-Jaunes, d'où l'on descend rapidement sur les sources de la Vraïta et les pâturages de Lautaret.

Ce passage du col de Roure au vallon de Lautaret semblera un passage difficile et on hésitera tout d'abord à admettre que l'armée d'Annibal ait pu le franchir, si l'on n'a pas vécu quelque peu au milieu des montagnes et étudié les prodigieux changements que les habitants signalent de toutes parts.

Ici les éboulements de Cialaciette peuvent être récents ; les ravins qu'on a sur la droite, au pied de cette montagne, formés par les eaux au milieu de terrains peu consistants, s'accroissent d'année en année ; la même cause agissant sur les deux versants de la crête des Terres-Jaunes, a dû rendre cette crête plus étroite, le passage plus difficile, en augmentant la raideur de ses pentes.

La carte des États de Sardaigne, publiée par Bergonio, en 1683, indique ces chemins qui, du col de la Roua (col de Roure), conduisent, d'une part, à Anéglio sur la Maïra ; de l'autre, à Il Cesale (Chiazale), dans le val di Blino (de Bellino) ; Vélo, dans un ouvrage publié en 1804[1] et où il étudie les Alpes au point de vue militaire, signale le passage de Roure comme conduisant de la vallée de l'Ubaye à celle de la Vraïta ; enfin, jusque vers 1850, la pente des Terres-Jaunes sur la Vraïta était en partie gazonnée et les bêtes de somme passaient aisément d'une vallée à l'autre par le col de Roure et les Terres-Jaunes.

Après avoir franchi les Alpes, Annibal se trouvait dans un vallon

---

[1] *Dei passaggi Alpini*, p. 154.

presque fermé, entouré, comme celui de la Marie, de hautes cimes aux neiges éternelles[1]. Ce bassin protégé est garni de pâturages. Les eaux, qui coulent de toutes parts, vont se réunir vers le nord-est, et se précipitent dans l'abîme d'un étroit passage, les Barricades.

C'est dans ce vallon de Lautaret qu'Annibal campa et s'arrêta deux jours pour reposer ses soldats ; des hommes, des chevaux, des bêtes de somme y rejoignirent l'armée[2].

Pour raffermir le courage de ses soldats, Annibal leur montrait l'Italie, les plaines du Pô et même, dit Polybe, le point qu'occupait Rome[3]. Ces dernières expressions, qui n'indiquent qu'une direction générale[4], autorisent à prendre dans un sens vague aussi ce qui est dit des plaines du Pô ; sans doute il ne s'agit pas du Pô lui-même et de ses rives, mais du bassin qui en est tributaire. Des pentes qui dominent les cols de Roure et de Lautaret, on voit en effet, à l'extrémité de la vallée de la Vraïta, les montagnes s'abaisser et la plaine apparaître à l'horizon ; et si l'on se place sur le penchant de Cialanciette, la vallée de la Maïra marquera la direction de Rome.

Lorsqu'après deux jours de campement Annibal se mit à descendre, la première neige venait de couvrir le sol[5] ; elle ajoutait aux difficultés et aux dangers de cette dernière partie de la marche, où les pertes d'Annibal allaient être presque aussi considérables que celles qu'il avait faites à la montée des Alpes.

Nos deux historiens nous apprennent qu'on approchait alors du coucher des Pléiades[6].

---

[1] Au nord, la Tête de Lautaret, 3,015 m.; à l'ouest, les Dents de Maniglia, 3.167 m.; la Pointe du Fond de Roure, 3,162 m.; au sud, des cimes de 2,800 m., 2,900 m., et le Mont Farant, 3,044 m.; à l'est, le Mont Gabel, 2,873 m. et le Mont Pence, 2,643 m.

[2] Polybe, III, 53 : αὐτοῦ κατεστρατοπέδευσε καὶ δύο ἡμέρας προσέμεινε. — Tite-Live, XXI, 35 : Biduum in jugo stativa habita.

[3] Polybe, III, 54. — Tite-Live, XXI, 35.

[4] Voir les pages très intéressantes qu'a écrites à ce sujet M. Durier, dans l'*Annuaire du Club Alpin*, 1878, p. 519 suiv., et notamment ces lignes : « un helléniste anglais a relevé dans Polybe tous les passages où il emploie le verbe que nous traduisons ici par *désigner, montrer du doigt*; il a trouvé que, sauf un cas qui est douteux, le sens de la phrase ne suppose pas que l'objet soit réellement en vue. »

[5] Polybe, III, 54. — Tite-Live, XXI, 35.

[6] Polybe, III, 54. — Tite-Live, XXI, 35.

César, Varron, Columelle, fixent au 27 octobre le coucher des Pléïades, et les astronomes consultés, M. Maskelyne, M. Delaunay, au 26 [1]. Mais Polybe et Tite-Live disent seulement que le coucher des Pléïades approchait, et peut-être les Carthaginois, dans ces vallées dominées par de hautes montagnes, se rendaient-ils assez mal compte du lever et du coucher des constellations.

Annibal était parti de Carthagène au commencement du printemps [2] et ne resta que cinq mois pour arriver en Italie [3] ; il passa le Rhône peu de jours après le commencement de l'été [4] ; on doit donc penser qu'il était au milieu des Alpes dans la première quinzaine d'octobre [5], et c'était, pour les franchir, une époque tardive. La neige tombe dans les cols de ces vallées de l'Ubaye et de la Vraïta et y tient en moyenne dès le 25 septembre, et les Piémontais, qui quittent leurs chalets le 28 septembre, y laissent presque toujours la neige.

Après avoir passé deux jours au pied du col par où il a franchi les Alpes, « Annibal, dit Polybe [6], donne le signal du départ et commence à descendre. Il ne rencontra d'ennemis que quelques brigands isolés ; mais la difficulté des lieux et la neige lui firent perdre presque autant de monde durant la descente qu'il en avait perdu depuis qu'il était dans les Alpes. Comme le passage par où il fallait descendre était étroit et fortement incliné, οὔσης στενῆς καὶ κατωφεροὺς τῆς καταβάσεως, et que la neige ne permettait pas de voir où le pied devait se poser, pour peu que l'on s'écartât ou que le pied vînt à manquer, on

---

[1] Voir l'*Histoire d'Annibal* de M. Hennebert, 2ᵐᵉ vol., p. 3o5 suiv.

[2] Polybe, III, 34. — Tite-Live, XXI, 21, 22.

[3] Polybe, III, 56. — Tite-Live, XXI, 38 ; XXVII, 39.

[4] Polybe, III, 41.

[5] Je disais dans mon *rapport sur le passage d'Annibal dans les Alpes*, p. 25 : « On ne peut admettre qu'Annibal fût dans les Alpes plus tard que les derniers jours de septembre. » C'est par erreur que M. Hennebert, *Histoire d'Annibal*, 2ᵐᵉ vol., p. 2o5, me fait dire qu'Annibal était au sommet des Alpes aux premiers jours de septembre.

[6] Voir au sujet des difficultés que présenta la descente et des dangers que courut l'armée d'Annibal, Polybe, III, 54, 55, 56, et Tite-Live, XXI, 35, 36, 37. — Voir la carte de la frontière des Alpes au 80,000ᵉ en courbes de niveau, feuille *Mont-Viso* ; la carte du Ministère de l'Intérieur au 100,000ᵉ, feuille *Molines ;* la carte d'Italia au 5o,000ᵉ, feuilles *Monte-Chambeyron* et *Sampeyre*.

roulait dans les précipices, κατὰ τῶν κρημνῶν. Les soldats supportè-
rent cette épreuve en hommes familiarisés avec les périls ; mais ils se
laissèrent aller de nouveau à la crainte et au désespoir, quand ils arri-
vèrent à un défilé qui était impraticable pour les éléphants et les bêtes
de charge ; il y avait là auparavant un escarpement d'un stade et demi
environ, σχεδὸν ἐπὶ τρία ἡμιστάδια τῆς ἀποῤῥῶγος καὶ πρὸ τοῦ μὲν
οὔσης, et il avait été rendu plus abrupt par un récent éboulement,
τότε δὲ καὶ μᾶλλον ἔτι προσφάτως ἀπεῤῥωγυίας. »

« L'armée se mit en marche, dit Tite-Live, l'ennemi n'essayant
autre chose que de lui enlever quelques bagages. Mais la descente
offrit bien plus d'obstacles que la montée, car en général la descente
des Alpes sur l'Italie est plus courte, par là même en pente plus rapide. Presque tout le chemin était à pic, étroit et glissant, *omnis
ferme via præceps, angusta, lubrica erat,* en sorte qu'on ne pouvait
éviter de glisser, et, si le pied manquait, impossible de se retenir ;
hommes et chevaux allaient rouler les uns sur les autres. On arriva
ensuite à un défilé beaucoup plus étroit *ad multo angustiorem rupem,*
et à des rochers si escarpés *ita rectis saxis,* que les soldats sans
armes, sans bagages, sondant la route à chaque pas, se retenant avec
les mains aux broussailles et aux souches qui croissaient aux alentours, avaient beaucoup de peine à descendre. L'endroit déjà fort
raide auparavant, l'était devenu bien davantage par suite d'un éboulement récent, *natura locus jam ante præceps recenti lapsu terræ in
pedum mille admodum altitudinem abruptus erat.* Les cavaliers s'étant
arrêtés, comme si le chemin finissait, *velut ad finem viæ,* Annibal
demande pourquoi la marche est entravée ; on lui répond qu'il y a
un rocher qu'on ne peut franchir : *rupem inviam esse.* »

Tite-Live semble traduire Polybe, en ajoutant quelques détails qui
se concilient avec le récit de l'auteur grec ; il se trompe quand il
mesure les mille pas, non pas en longueur, mais en profondeur, et on
ne peut admettre ce qu'il dit des souches et des broussailles.

Les deux récits sont parfaitement d'accord quant aux données topographiques, et ces données sont de trois ordres :

Il y a d'abord une pente fort raide et très dangereuse au pied de
laquelle est un abîme ; par cette pente, on arrive à un escarpement
d'un stade et demi environ, escarpement dont une partie est en roc
vif ; enfin, une autre partie de l'escarpement étant d'un terrain moins
résistant, un éboulement venait de se produire.

Voilà les données qu'il importe de ne pas perdre de vue. Dire qu'il y avait une pente assez raide, ou qu'il y avait un simple éboulement, c'est, de parti pris, ne pas lire les textes et rester dant le vague en méconnaissant les indications très précises qui y sont contenues.

Quand on descend du vallon de Lautaret, les eaux qui coulent de toutes parts en ruisseaux rapides, tumultueux, vont se réunir pour former la Vraïta de Bellino, et s'engagent dans un lit profondément creusé, bientôt dans un abime. On ne peut suivre la rive gauche où se dressent à pic les rochers de Cornasque, contreforts de la Tête de Lautaret, 3,015ᵐ, et du Pelvo di Ciabriera, 3,125ᵐ. Ces rochers s'élèvent presque verticalement à une grande hauteur ; alors que la neige venait de tomber, il eût été impossible de s'engager au milieu de ces pentes abruptes et surtout de redescendre du côté de Bellino par les assises de rochers qui dominent le plan de Ciajolo.

Sur la droite, après avoir longé la Vraïta de plus en plus encaissée, on rencontre le ravin d'un ruisseau très important, le ruisseau de Cougnissac qui descend des glaciers et reçoit chaque année les neiges de nombreuses avalanches. Le ravin est pris entre deux plateaux étroits, inclinés, deux crêtes allongées, assez élevées, formées de terrains peu consistants. Il se termine sur la Vraïta en un vaste entonnoir où se précipitent les eaux et les terrains d'éboulement. Ce passage où le sentier fait de nombreux lacets, où l'on ne s'avance qu'avec certaines précautions, présenterait de sérieuses difficultés s'il y avait de la neige.

Voilà la première partie de la descente, celle où la neige qui rend le terrain glissant et la marche incertaine, où la raideur des pentes et les précipices qu'il faut longer, créaient déjà pour les soldats d'Annibal d'assez réels dangers.

Voici maintenant les obstacles qui leur parurent infranchissables.

De la longue crête du mont Gabel (2,873ᵐ) se détache un contrefort, le rocher des Minières, qui forme une puissante arête d'environ 100 mètres d'épaisseur, à angle droit vis-à-vis les escarpements de la rive gauche ; la Vraïta s'est creusé, entre des parois verticales, un lit sinueux et profondément encaissé, où elle se précipite furieuse.

Entre l'arête qui forme la rive droite du ravin de Cougnissac et ce rocher des Minières, se trouve un second ravin, un nouvel entonnoir dont les pentes sont très rapides et dangereuses ; au fond, un ruisseau ; au-delà, au milieu des pentes, sur le bord de l'abîme, un rocher dans lequel est un passage de 6 mètres de largeur, de 3o mètres de longueur environ, qui semble avoir été ouvert de main d'homme, puis les grands rochers des Minières.

Ces rochers sont formés de bancs de schistes talqueux redressés à la verticale, alternant avec des bancs de terrain moins résistant. Le chemin à mulets que l'on entretient à ce passage, dit des Barricades, est ainsi, tantôt en corniche sur le rocher, tantôt soutenu par des murs dans les parties qui forment couloir ; et ces murs, on est fréquemment obligé de les réparer. Enfin, au-delà de ce passage en corniche qui domine l'abîme, le chemin débouche sur un mamelon d'où l'on descend vers le plan de Ciajolo et Bellino sans rencontrer de difficultés.

Mais supposez qu'un éboulement se soit produit dans le ravin, ou bien que le passage dans le premier rocher ne soit pas ouvert, ou bien que le sentier taillé dans le rocher des Minières n'existe pas, ou bien qu'il s'y soit produit un de ces éboulements qui y sont fréquents, il n'y a plus de passage ; s'engager dans ce ravin et dans ces rochers, surtout quand la neige les recouvre, serait d'une extrême témérité ; le cirque supérieur de la Vraïta est comme une enceinte infranchissable, où les Carthaginois demeurent enfermés : *stant clausi,* suivant la belle expression de Silius Italicus [1].

Mesurez ce passage ; de l'arête qui domine le ravin jusque vers la fin du passage en corniche du côté de Bellino, vous compterez 270 mètres, si vous vous bornez à la partie vraiment dangereuse, et 297 mètres, si, de part et d'autre, vous avancez quelques pas de plus jusqu'à ce que vous soyez assez éloigné de la rivière pour n'avoir plus à craindre d'y être entraîné, même au temps où il y a de la neige. Cette mesure comprend entre ses termes extrêmes les mesures approximatives données par les anciens, 277 mètres et 296.

N'y a-t-il là qu'un rapport fortuit ? N'avons-nous pas rencontré tout ce qu'ont décrit les anciens : au-dessous du campement dans le bassin de Lautaret, les ravins de la Vraïta et de Cougnissac, un escarpement d'un stade et demi, les vastes couloirs d'éboulement, le précipice qu'il faut longer ?

---

[1] III, 634. Non acies hostisve tenet, sed prona minaci
Prærupto turbant, et cautibus obvia rupes ;
Stant clausi...

S'il reste des doutes, la suite du récit des anciens va les dissiper.

« Annibal, dit Polybe, songea d'abord à tourner cet endroit difficile, περιελθεῖν τὰς δυσχωρίας ; mais la neige qui venait de tomber
rendait le passage qu'il avait tenté impraticable, et il renonça à son
projet, ἀπέστη τῆς ἐπιβολῆς. Ce qui arrivait était d'une nature toute
particulière et extraordinaire. Sur la neige de l'hiver précédent, ἐκ τοῦ
προτέρου χειμῶνος, était étendue une couche de neige qui, molle,
parce qu'elle était nouvelle et sans profondeur, cédait facilement sous
le pied. Aussi, quand les soldats avaient foulé cette couche supérieure
et qu'ils marchaient sur la couche inférieure formée de neige durcie,
τὴν ὑποκάτω καὶ συνεστηκυῖαν, celle-ci ne pouvait être entamée ; ils
étaient emportés, glissant des deux pieds, comme il arrive à ceux qui
marchent sur des pentes boueuses. Les suites de ces chutes étaient
plus tristes que la chute elle-même. Comme il leur était impossible
d'assurer leurs pas sur la neige inférieure τὴν κάτω χιόνα, voulaient-
ils pour se relever, s'appuyer sur les mains ou les genoux, les pentes
étant d'une rapidité extrême, ἐπιπολὺ κατωφερῶν ὄντων τῶν χωρίων,
ils étaient entraînés sans retrouver un appui résistant. Quant aux
bêtes de somme, une fois tombées, elles rompaient, dans leurs efforts
pour se redresser, la couche inférieure, τὴν κάτω χιόνα, et alors elles
y demeuraient comme fichées avec leurs bagages, à cause de leur
poids et à cause de la résistance qu'offrait la neige ancienne et durcie,
τὸ πῆγμα τῆς προϋπαρχούσης χιόνος, Annibal dut donc renoncer à cette
entreprise, ἀποστὰς τῆς τοιαύτης ἐλπίδος... »

Et de même Tite-Live : « Annibal reconnut que le seul parti à
prendre était de conduire son armée, par un long détour, à travers
les pentes presque impraticables, inexplorées, qui l'entouraient, *per
invia circa, nec trita antea, quamvis longo ambitu, circumduceret
agmen.* Cette tentative ne put réussir : en effet, comme il y avait sur
de la neige ancienne qu'aucun pied n'avait foulée, *super veterem nivem
intactam,* une couche peu épaisse de neige nouvelle, les hommes
marchaient d'un pas assuré dans cette neige molle et peu profonde ;
mais lorsqu'elle eut disparu sous les pieds de tant d'hommes et de
bêtes de somme, il fallait marcher sur la glace mise à nu, *per nudam
infra glaciem,* et dans la neige nouvelle qui fondait et s'écoulait.
C'était une lutte affreuse, la glace très glissante, *lubrica glacies,* ne
permettant pas d'assurer le pied et de se retenir sur ces pentes très

raides, et si, cherchant à se relever à l'aide des mains ou des genoux, on venait à retomber au moment où cet appui faisait défaut, il n'y avait plus ni souches ni racines pour y appuyer le pied ou la main, il fallait rouler sur cette glace unie, *in levi glacie*, et dans cette neige fondante. Quelquefois les bêtes de somme traversaient la couche inférieure de neige, *infimam nivem*, et dans les mouvements et les efforts qu'elles faisaient, elles la brisaient de leurs sabots ; en sorte que la plupart, comme si elles étaient prises dans un piège, restaient engagées dans cette neige durcie et gelée à une grande profondeur, *in dura et alte concreta glacie*. Enfin, après bien des fatigues inutiles, on campa... »

Aux témoignages de Polybe et de Tite-Live se joint celui d'Appien : « il y avait, dit-il, beaucoup de neige et de glace [1]. »

Ainsi Annibal, ne pouvant franchir l'obstacle qui était devant lui, a essayé de le tourner, mais il n'a pu y réussir, parce que sous la couche de neige nouvelle il y avait des neiges de l'hiver précédent, durcies, transformées en glace, et que, les pentes étant extrêmement raides, celui qui mettait le pied sur la neige ancienne, sans l'apercevoir, glissait, était entraîné.

J'ai pris soin de reproduire le texte même des passages, si nombreux et si précis, où Polybe et Tite-Live affirment que, dans sa tentative pour tourner l'obstacle qui barrait la vallée, l'armée fut arrêtée par les neiges persistantes et durcies de l'hiver précédent. Je les ai reproduits, parce que jamais, sur aucun point des Alpes, aucun critique n'a pu en donner une interprétation. Pour nous, nous n'aurons ni à altérer les textes, ni à en laisser de côté une partie, ni à en essayer des interprétations arbitraires ; ils ne sont que la description fidèle du pays où nous nous trouvons.

Annibal reviendra-t-il sur ses pas pour regagner la vallée de l'Ubaye par le col de Roure ou par le col de Lautaret ? Ce serait se mettre de nouveau en présence des Gaulois et courir les dangers d'une nouvelle attaque dans des conditions défavorables.

La tête de l'armée est arrêtée vers le vallon de Cougnissac ; en le remontant, Annibal aura devant lui, au sud-est, le mont Farant, $3,044^m$; à droite, une cime de $2,915^m$, à gauche, la longue crête

---

[1] *De Bello Annib.*, c. 4 : χιόνος πολλῆς οὔσης καὶ κρύους.

du mont Gabel, 2,873^m. Il ne prend pas sur sa droite ou au fond du vallon les cols qui le conduiraient vers la vallée de la Maïra, où il n'a pas voulu descendre quand il était au col de Roure ; il essaie, disent les historiens anciens, de tourner le défilé qui lui a paru impraticable ; il cherche donc un passage qui le ramène sur la Vraïta.

Un seul col lui permet de réaliser son projet, c'est le col de Gabel qui le ramènerait sur la Vraïta par le vallon de Traversagne. Du point même où il est arrêté, on y monte par les pentes qui dominent à gauche le ravin de Cougnissac.

C'est, comme le dit Polybe, un passage aux pentes fort raides, et il est presque toujours garni de flaques de neiges persistantes. Il y en avait même pendant l'automne de 1859, alors que les chaleurs de cette année avaient été des chaleurs exceptionnelles, et comme j'interrogeais quelques habitants de Bellino : « Pendant trois mois, me disaient-ils, on peut, avec quelques précautions, traverser sans danger le col de Gabel ; mais, dès que la première neige d'automne aura recouvert les neiges anciennes, malheur à qui essaierait de s'y engager ; ne pouvant plus éviter les neiges des hivers précédents, ni se retenir sur ces pentes rapides, il périrait infailliblement. » Les expressions qu'ils employaient étaient celles de Polybe et de Tite-Live, et ils me recommandaient expressément d'éviter de mettre le pied sur les flaques de neige.

Il n'y avait plus de neige au col en 1861, mais on voyait à la Barricade, près de la rivière, les restes d'une forte avalanche, et de même en deux ou trois points du ravin de Cougnissac.

M. le Dr Ollivier [1], qui a passé ce col le 29 août 1868, « accompagné d'un bon guide et armé de tous les engins nécessaires dans ces excursions, » dit qu'il est très difficile à franchir, que les glaces en barrent le passage et que c'est à peine si l'on peut s'y risquer pendant les dernières chaleurs de l'été, alors que les neiges sont à leur plus basse période décroissante ; enfin, il parle des peines inouïes qu'il a eues et des dangers qu'il a courus.

Après cette tentative infructueuse, Annibal revient vers le défilé de la Barricade et se décide à s'y ouvrir une voie de main d'homme.

---

[1] *Passage d'Annibal dans les Alpes*, p. 62.

D'après Polybe, il campe sur une espèce de crête ou d'arête, περὶ τὴν ῥάχιν [1], en faisant enlever la neige qui s'y trouvait. Cette expression ne peut évidemment désigner la crête des Alpes, ni même le sommet des cols, alors inaccessibles.

En redescendant des pentes de Gabel vers la Barricade, Annibal se trouve dans le ravin de Cougnissac ; il campe sur les arêtes qui le dominent, lui probablement sur l'arête la plus rapprochée des rochers des Minières ; c'est de là qu'il dirigera les travaux ; le reste de l'armée. trouve au-dessus, au lieu dit le Piane, les espaces nécessaires pour un campement.

Il fallait, d'une part, sinon créer, élargir du moins un chemin taillé dans les rochers ; d'autre part, dans l'entonnoir qui les précède et dans un ou deux couloirs au milieu de la Barricade, établir des murs de soutènement.

C'est à ces deux ordres de travaux, peut-être plus particulièremen au second, que s'appliquent les expressions de Polybe, τὸν κρημνὸν ἐξῳκοδόμει [2]. N'oublions pas qu'on était dans les schistes talqueux dont la plupart étaient aisés à attaquer ; et que, suivant Polybe, si ce travail présenta de grandes difficultés, on put cependant tracer en un jour un chemin suffisant pour les chevaux et les bêtes de somme.

Tite-Live parle de même des travaux faits au milieu de ce rocher qu'un seul chemin permettra de franchir, *ad rupem muniendam per quam una via esse poterat* [3] ; il emploie deux autres fois le mot *rupes*, il parle des *saxa*, du rocher qu'il faut attaquer, *cædendum saxum* ; et il puise sans doute aux meilleures sources lorsqu'il dépeint ce sentier en pente sinueuse attaché aux flancs tourmentés et ravinés du rocher des Minières : *molliuntque anfractibus modicis clivos.*

Quant aux procédés employés par les Numides, nous trouvons chez lui, et de même chez Appien, des détails dont Polybe n'a pas parlé.

Ainsi pour attaquer, pour briser le rocher, on aurait allumé un grand feu ; mais où trouver dans un passage aussi étroit de la place

---

[1] Littéralement « sur une échine ». — Tite-Live, XXI, 37, se contente d'une expression vague : « castra in jugo posita ».

[2] Il dit, III, 56 : ἀπὸ τῶν προειρημένων κρημνῶν, et πρὸς τὴν οἰκοδομίαν.

[3] De même Cornélius Népos, *Vie d'Annibal*, c. 3 : loca patefecit, itinera muniit ut ea elephantus ornatus ire posset, qua antea unus homo inermis vix poterat repere.

pour ce « vaste monceau de bois, » *struem ingentem lignorum faciunt*? Où trouver du bois dans ces régions élevées? S'il faut en croire Tite-Live, on n'avait qu'à renverser « les arbres immenses qui étaient aux alentours[1] ».

Le silence de Polybe ne suffirait pas pour nous faire rejeter ces détails, mais nous pouvons invoquer son témoignage formel ; en parlant des éléphants qui souffrirent de la faim pendant les trois journées employées à élargir le chemin, il fait remarquer qu'ils étaient dans la région où les Alpes sont « dépourvues de bois et complètement nues », τελέως ἄδενδρα καὶ ψιλά, et qu'on ne trouva la végétation qu'au-dessous de notre défilé[2] : en effet, il n'y a pas un arbuste à la Barricade ; plus bas, au plan de Ciajolo, on trouve quelques arbustes rares et rabougris ; les premiers mélèzes isolés sont à l'endroit où le ruisseau de Traversagne se jette dans la Vraïta ; les premiers groupes de mélèzes à Mélézet.

Sans doute, les Carthaginois, après avoir ouvert un chemin le premier jour, ont pu aller chercher des bois vers Bellino, les monter à la Barricade et y allumer quelques feux, pour désagréger et fendre les roches, comme on le fait encore aujourd'hui dans les Alpes.

Tite-Live dit, en outre, qu'un acide, *acetum*, achevait ce qu'avait commencé le feu, et Appien, qu'on versait sur la cendre brûlante de l'eau et de l'acide ; c'est ainsi, suivant eux, qu'on rendait le rocher friable et qu'on le préparait à l'action du fer[3].

M. Hennebert a publié, dans son *Histoire d'Annibal*[4], une étude sur la nature de l'*acetum* ou ὄξος, étude très savante, à la vérité, mais dont il semble difficile d'accepter les conclusions ; tant que je ne verrai pas un témoignage très explicite de Polybe ou de quelqu'un de ses contemporains, bien renseigné, à même de se rendre compte, je n'admettrai pas volontiers que l'*acetum* ou ὄξος — était « une substance fortement oxygénée, riche en ammoniaque, un chlorate ou un azotate de potasse », — un « mordant énergique employé par les

---

[1] De même Silius Italicus, III, v. 638 suiv.

[2] Polybe, III, 55. — Tite-Live, XXI, 37, reproduit cette remarque, mais d'une manière assez inexacte : « nuda enim fere cacumina sunt... »

[3] Tite-Live, XXI, 37. Ardentia saxa infuso aceto putrefaciunt. — Appien, *de Bello Annib.*, c. 4.

[4] IIme vol., p. 253 suiv.

anciens aux cours de leurs opérations de démolition ou de pétarde-
ment, agissant à la façon des matières détonantes, poudres ou dyna-
mites. »

N'oublions pas qu'il s'agit de ce qu'Annibal a fait en l'an 218
av. J.-C., non de ce qui a pu être fait par d'autres dans les siècles
suivants.

Si les Carthaginois avaient eu à leur disposition un pareil moyen
d'action, comment n'en auraient-ils pas fait emploi plus d'une fois
dans leurs guerres contre les Romains, et comment les auteurs anciens
n'en auraient-ils pas parlé? Si Annibal, pour vaincre les obstacles
qu'il rencontrait à la descente des Alpes, a fait usage d'un procédé
nouveau, d'une matière explosive, comment Polybe n'en a-t-il
rien dit?

Les auteurs qui disent qu'Annibal employa le feu et le fer sont
restés dans le vrai[1] ; c'est ce que disent, du reste, Tite-Live et Appien ;
mais ce qu'ils ajoutent au sujet de l'*acetum*, de l'ὄξος, demeure inex-
plicable et ne peut être qu'une confusion de mots.

Il est probable que les Carthaginois ont fait usage d'instruments en
métal, de pics, pour briser le rocher à demi désagrégé par le feu[2].
Le terme technique, inconnu dans la langue ordinaire, était semblable à un terme connu avec lequel on l'a confondu, et, alors qu'il
s'agissait d'un instrument aigu, on aura cru comprendre qu'on parlait
d'un acide[3]. N'avons-nous pas des exemples de confusion de ce

---

[1] Silius Italicus, III, 644 :
  Excoquitur flammis scopulus ; mox proruta ferro
  Dat genitum putris resoluto pondere moles.
  Paul Orose, *Hist.*, IV, 14 : Hannibal invias rupes igni ferroque rescindit.
[2] Peut-être aussi ont-ils employé ces coins de bois sec, qui, mouillés et gonflés
par l'eau, font éclater le rocher. Polybe connaissait ce procédé, *Fragm. gramm.*,
129, p. 66, éd Didot.
[3] On peut rapprocher ὄξος de ὀξύς et même d'un dérivé de ὀξύς, ὀξύα,
l'épieu en bois de hêtre. On a déjà signalé le rapport d'*acetum* avec *acatum*, et, sans
parler d'*ascia*, on trouve, dans la basse latinité, un grand nombre de termes de la
même famille qui répondent à nos mots hache, hachette, et au mot italien *accetta :*
acciatus, acieres, accieris, acha, achia, aciculus, asciatus, asciola. — Un ingénieur
français, M. Adrien Paillette (*Mémoires de la Société Savoisienne,* tome II ; voir la
Revue des Sociétés savantes, tome IV, 1860, p. 556) a pensé que le mot *acetum* n'était
autre qu'un mot qui se retrouve dans tous les patois d'Italie et désigne un instrument

genre ? Lorsque les Grecs et les Romains ont entendu parler d'Alpes Pennines et d'Alpes Grées, n'ont-ils pas cru que ces Alpes étaient ainsi nommées parce qu'elles avaient été traversées par les Carthaginois, *Pœni,* ou par les Grecs, *Graii ?*

Annibal, après avoir en un jour ouvert un chemin suffisant pour les chevaux et les bêtes de somme, les fit aussitôt défiler, et dès qu'il fut établi dans un lieu où il n'y avait pas de neige, il les envoya au pâturage. Les Numides, en se relayant, continuèrent pendant trois jours le travail, et l'on put enfin dégager les éléphants, que la famine avait réduits au plus triste état.

Annibal s'était arrêté sans doute au plan de Ciajolo et ses troupes pouvaient occuper la vallée de la Vraïta jusqu'à Bellino.

Les Alpes étaient franchies, et ici se termine le calcul des quinze journées dont parlent nos historiens[1]. Arrivé au col le neuvième jour, Annibal campe le dixième et le onzième dans le bassin de Lautaret ; le douzième, il descend, tente le passage de la Barricade et du col de Gabel et campe à Cougnissac ; le treizième, le quatorzième et le quinzième, il fait passer, dès l'abord, son infanterie et sa cavalerie, élargit la voie pour les éléphants, les dégage et réunit son armée pour descendre la vallée de la Vraïta[2].

---

analogue à ce que nous appelons la hachette. De même M. l'abbé Ducis (*Alpes Graies...,* p. 14) : « on convient aujourd'hui que l'*acetum* n'est autre chose qu'une espèce de pioche, *acciatus* ou *accieta* (?) selon Ducange. » M. Maissiat (*Annibal en Gaule,* p. 251) : « on doit croire que le mot latin *acetum* (qui paraît provenir avec beaucoup d'autres d'un radical commun, peut-être d'*acus*), outre son emploi général pour désigner du vinaigre, était encore usité... pour désigner quelque instrument de travail d'une forme aiguë, propre à pénétrer, à piocher dans un terrain très dur et très pierreux, comme notre pioche et notre pic. » M. le Dr Ollivier (*Passage d'Annibal dans les Alpes,* p. 64) : « Tite-Live n'aurait-il pas joué ici sur le mot *acetum,* en le confondant avec *ascia,* la hache gauloise, avec la hachette..., et notre mot hache, hachette... ne nous rappelle-t-il pas l'*acetum* latin ? »

[1] Polybe, III, 56. — Tite-Live, XXI, 38.

[2] Je reproduis le récit de Polybe. Tite-Live dit : « Quatriduum circa rupem consumptum » ; il comprend dans ce calcul le premier jour, celui où l'on tenta d'abord le passage par les Barricades, puis le passage par le col de Gabel. Il dit que les bêtes de somme étaient au-dessus du défilé avec les éléphants ; Polybe, qu'elles passèrent dès le premier jour avec la cavalerie. Plus loin en écrivant : « jumenta in pabulum missa et quies muniendo fessis hominibus data », il semble compter de nouvelles journées pour ce repos, qui eut lieu, d'après Polybe pendant que les Numides faisaient le chemin.

Mais Annibal s'est arrêté une journée sous Saint-Vincent, une journée au Lauzet, deux journées au Lautaret, et il a fallu deux journées pour rendre le passage de la Barricade praticable aux éléphants ; il n'y a pas eu plus de neuf journées de marche effective, et la vitesse de marche aurait été, dans la traversée proprement dite des Alpes, seulement de 12 kilomètres par jour.

Trois jours après [1], entre Vergnolo et Castigliole, il débouchait dans les plaines, à cinquante kilomètres environ du plan de Ciajolo.

Lorsque, pour se dérober à l'armée romaine, il remontait la vallée du Rhône jusqu'à l'Isère, il faisait des marches forcées de près de 28 kilomètres ; entre le Rhône et la Durance, sa marche est de 15 kilomètres par jour ; elle est d'environ 16 kilomètres entre Bellino et l'endroit où la vallée de la Vraïta s'ouvre sur les plaines ; mais entre la Durance et Bellino, dans la traversée des Alpes, il faisait seulement 12 kilomètres par journée de marche effective.

La partie la plus caractéristique du récit de nos deux historiens est certainement celle qui se rapporte à la descente sur l'Italie. Les données topographiques, peu nombreuses pour la deuxième attaque, plus nombreuses pour la première, ont ici quelque chose de plus varié et de plus spécial. J'ai eu soin de les dégager successivement :

C'est d'abord, au pied du col que l'armée vient de franchir, l'espace suffisant et convenable pour un campement ;

C'est ensuite un terrain fort en pente, en entonnoir, où, la neige venant de tomber, la marche présente des dangers sérieux ;

C'est un rocher donnant à pic sur un abîme et fermant la vallée, et c'est un éboulement récent qui ajoute aux difficultés du passage ;

C'est un col élevé par où Annibal essaie de tourner cette position ;

C'est sous la neige nouvelle, la neige des hivers précédents, la neige persistante, durcie et gelée, sur laquelle les hommes glissent et sont entraînés ;

Ce sont les pentes si raides qu'il n'est pas possible de se retenir et que celui qui a été entraîné est perdu ;

---

[1] Polybe, III, 56 : τριταῖος ἀπὸ τῶν προειρημένων κρημνῶν διανύσας, ἥψατο τῶν ἐπιπέδων... ; son texte indique la correction de celui de Tite-Live, XXI, 37 : « Triduo inde ad planum descensum », au lieu de : « quies data triduo ; inde ad planum... »

Ce sont enfin ces escarpements et ces rochers auprès desquels revient Annibal pour les attaquer de main d'homme, et y frayer un passage d'environ 270^m ;

C'est, au pied, l'abîme ;

Et de l'autre côté de la rivière, des pentes abruptes, infranchissables.

Voilà ce qu'ont décrit Polybe et Tite-Live ; voilà ce que nous avons sous les yeux en descendant du haut vallon de Lautaret jusqu'au-delà des Barricades de Bellino ; voilà ce qu'on ne trouvera dans aucune autre partie des Alpes.

Polybe dit qu'après avoir franchi les Alpes, Annibal se dirigea vers les plaines du Pò et le pays des Insubres[1]. Est-ce à dire que des Alpes il descendit directement au pays des Insubres ? Il faudrait que, contre toute vraisemblance, il eût passé par le Saint-Gothard ou le Simplon ; s'il a passé par le Grand Saint-Bernard ou par le Petit Saint-Bernard, il a traversé d'abord le pays des Salasses ; s'il a passé par le mont Cenis, par le mont Genèvre ou par la vallée de Vraïta, il a traversé le pays des Taurini. Ne donnons pas à ce texte un sens qui le met en contradiction avec toutes les données historiques.

Polybe, lorsqu'il a décrit la Gaule Cisalpine[2], a indiqué la position occupée dans la vallée du Pò par les Insubres ; maintenant, suivant ses habitudes, il marque une orientation, une direction générale, par rapport à un terme connu et en nommant le premier peuple allié qu'Annibal rencontrera en Italie.

Quel pays, quelles peuplades traversera-t-il pour aller jusque chez les Insubres ?, c'est ce qu'il n'indique pas en ce moment.

Un peu plus loin, après avoir dit qu'Annibal campa « au pied des Alpes[3] », pour reposer ses soldats, il ajoute, employant comme à dessein la même expression, qu'il chercha à s'attirer l'amitié des Taurini qui habitaient « au pied des Alpes », qu'il assiégea et prit

---

[1] III, 56 : κατῆρε τολμηρῶς εἰς τὰ περὶ τὸν Πάδον πεδία καὶ τὸ τῶν Ἰσόμβρων ἔθνος.

[2] II, 17.

[3] III, 60. Καταστρατοπεδεύσας ὑπ' αὐτὴν τὴν παρώρειαν τῶν Ἄλπεων... τῶν Ταυρινῶν οἵ τυγχάνουσι πρὸς τῇ παρωρείᾳ κατοικοῦντες...

leur ville ; c'est de là qu'il le fait marcher vers le Tessin et le pays des Insubres. Ainsi, après s'être borné d'abord à une indication générale, il s'explique et rétablit les détails.

Enfin nous lisons dans Strabon[1] : « Polybe ne désignait que quatre passages des Alpes, l'un par la Ligurie, le long de la mer Tyrrhénienne ; un autre par le pays des Taurini, c'est celui qu'Annibal a suivi, ἥν Ἀννίβας διῆλθεν ; un troisième par le pays des Salasses ; un quatrième par le pays des Rhètes. » On a cru que l'indication générale relative à la marche d'Annibal jusqu'au pays des Insubres était en contradiction avec ce texte qui le fait déboucher sur le territoire des Taurini, et on a prétendu que les mots ἥν Ἀννίβας διῆλθεν avaient été ajoutés par Strabon. Dans ce cas même, ce témoignage, pour avoir moins d'autorité, ne serait pas à négliger ; mais quelle difficulté y a-t-il donc à concilier ces deux textes ? l'un n'est-il pas le complément et l'explication de l'autre, et comme nous venons de le dire, Annibal n'est-il pas descendu d'abord chez les Taurini pour se porter ensuite au pays des Insubres ?

C'est d'ailleurs ce que dit Tite-Live d'après Cincius Alimentus, c'est ce que disent Appien et Silius Italicus[2].

Polybe dit que la traversée des Alpes, αἱ τῶν Ἄλπεων ὑπερβολαί, était d'environ 1.200 stades, et qu'après les avoir franchies, Annibal allait s'avancer vers les plaines de l'Italie où coule le Pô[3].

Or, de la Durance à Turin, par le col de Roure, il y a environ 212 kilomètres, ce qui correspond assez exactement à l'indication donnée par Polybe (222 kilomètres)[4].

---

[1] IV, c. 6, p. 208 : Τὴν διὰ Ταυρινῶν (ὑπέρβασιν) ἥν Ἀννίβας διῆλθεν.

[2] Tite-Live, XXI, 38, 39. — Appien, de bello Annib., c. 5. — Silius Italicus, III, v. 646.

[3] III, 39 : λοιπαί δὲ αἱ τῶν Ἄλπεων ὑπερβολαί, περὶ χιλίους διαχοσίους, ἃς ὑπερβάλων ἔμελλεν ἥξειν εἰς τὰ περὶ τὸν Πάδον πεδία τῆς Ἰταλίας.

[4] De la Durance à Ubaye, environ . . . . 7 kilomètres.

D'Ubaye à Maurin, d'après le Dr Ollivier	72	—
De Maurin à Castel-Delphino	30	—
De Castel-Delphino à Castigliole	41	—
De Castigliole à Turin	62	—
Total	212 kilomètres.	

Polybe emploie ailleurs[1] l'expression τὴν τῶν Ἄλπεων ὑτερβολὴν pour désigner la marche de quinze journées pendant laquelle Annibal eut à combattre les Gaulois et à vaincre de nombreuses difficultés, et on s'est demandé si, pendant ces quinze journées, il n'avait pas parcouru 1.200 stades. Il n'en est rien : on n'est pas sorti des Alpes ; il faut encore trois journées pour qu'Annibal arrive aux plaines, ἥψατο τῶν ἐπιπέδων[2]. Et ce n'est pas non plus à cette entrée dans les plaines que se termine le compte des 1.200 stades ; c'est au point où, vers Turin, Annibal se trouve sur les bords du Pô. Et aussi Appien dit-il qu'Annibal n'arriva sur les bords du Pô qu'après avoir pris la ville de Turin[3]. A partir de ce point, il va s'avancer dans les plaines, en suivant le cours du fleuve, jusqu'au moment où, en avant du Tessin, il rencontrera l'armée des Romains.

Le nombre total des stades parcourus depuis Carthagène s'élevait, d'après Polybe, à 9.000[4].

Mais les 2.600 stades de Carthagène à l'Ebre, les 1.600 stades de l'Ebre à Emporium, les 1.600 stades d'Emporium au Rhône, les 1.400 stades du passage du Rhône à l'entrée des Alpes, et les 1.200 stades de l'entrée des Alpes jusqu'aux plaines du Pô, donnent 8.400 stades, et tous les savants qui se sont occupés de la question se sont demandé d'où pouvait venir cette erreur de 600 stades[5]. M. Hennebert se contente de dire que « l'historien consciencieux », envisageant la distance « en bloc », a « franchement arrondi le nombre qui doit exprimer le total des valeurs itinéraires[6] ».

Or, si Annibal a parcouru au-delà de Turin 600 stades (111 kilo-

---

[1] III, 56.

[2] Ibid.

[3] De bello Annib., c. 5 : προσέβαλλε Ταυρασίᾳ πόλει Κελτικῇ, κατὰ κράτος δὲ αὐτὴν ἐξελῶν.... ἐπὶ δὲ τὸν ποταμὸν Ἠριδανὸν, τὸν νῦν Πάδον λεγόμενον, ἐλθών....

[4] III, 39. — Polybe, à la fin de ce chapitre, fait remarquer qu'Annibal arrivé aux Pyrénées, avait parcouru presque la moitié de la distance totale ; il avait en effet parcouru 4,200 stades sur 9,000.

[5] Voir notamment les notes de Schweishaüser dans son édition de Polybe. — Dans ce même chapitre 39, Polybe vient de dire que des colonnes d'Hercule aux Pyrénées, il y a 8,000 stades et cependant la somme des distances partielles indiquées par lui est seulement de 7,200 stades.

[6] Histoire d'Annibal, IImᵉ vol., p. 301.

mètres), il est arrivé vers Lomello et Sannazaro, à 20 ou 25 kilomètres de Pavie, dans l'angle que forment le Pô et le Tessin, et non
loin de l'endroit où va avoir lieu la bataille du Tessin [1]. Tite-Live dit
que Cornélius Scipion, après avoir jeté un pont sur cette rivière,
s'était avancé sur le territoire des Insubres, vers l'endroit où était
campé Annibal [2].

Annibal avait en réalité parcouru 9,000 stades de Carthagène
jusque chez les Insubres, jusqu'au milieu des populations qui l'ont
appelé et qui attendent impatiemment sa venue [3], jusque chez ces
Insubres qui avec les Boïens ont engagé la lutte contre les Romains ;
sa marche ne se termine pas chez les Taurini, qui, précisément,
étaient en guerre avec les Insubres [4], mais chez les Insubres eux-
mêmes, sur les bords du Tessin, vers l'endroit où il va en venir aux
mains avec les Romains.

Polybe, lorsqu'il a parlé d'abord des 9,000 stades parcourus à
partir de Carthagène, n'a pas indiqué d'une manière précise le terme
de cette marche et s'est contenté d'une expression vague : Annibal
s'avança, dit-il, vers les plaines du Pô, εἰς τὰ περὶ τὸν Πάδον πεδία ;
maintenant il complète, il précise : Annibal s'avança vers les plaines
du Pô et le pays des Iusubres, εἰς τὰ περὶ τὸν Πάδον πεδία καὶ τὸ τῶν
Ἰσόμβρων ἔθνος.

« Dans l'ensemble de la traversée des Alpes, dit Polybe [5], Annibal
avait perdu sous les coups de l'ennemi, dans les eaux des fleuves,
dans les passages difficiles et les précipices des Alpes, ὑπὸ τῶν κρημνῶν καὶ τῶν δυσχωριῶν κατὰ τὰς Ἄλπεις, non seulement un grand
nombre de soldats, mais plus encore de chevaux et de bêtes de
somme. »

Il avait 46,000 hommes après le passage du Rhône ; à son arrivée
en Italie, il n'en avait plus que 26,000 ; 6,000 cavaliers et 20,000 fantassins, dont 12,000 africains et 8,000 espagnols ; il avait perdu,

---

[1] Florus, II, 6, dit que la bataille eut lieu « inter Padum et Ticinum ».

[2] XXI, 45 : ponte perfecto traductus Romanus exercitus in agrum Insubrium
quinque millia passuum a Vicotumulis consedit. Ibi Annibal castra habebat...

[3] Polybe, III, 40.

[4] Polybe, III, 60.

[5] III, 56.

dans cette partie si difficile de sa marche, 2,000 cavaliers et 18,000 fantassins[1].

La marche du Rhône à la Durance et le passage de cette rivière n'avaient pu se faire sans diminuer quelque peu l'armée ; nous avons vu que les deux attaques des Gaulois, dans des positions très désavantageuses pour Annibal, avaient occasionné des pertes considérables, et que les pertes, par suite des difficultés rencontrées à la descente, avaient été presque aussi grandes que celles qu'il avait subies aux deux attaques[2]. Il faut donc estimer que, s'il avait perdu 4,000 hommes entre le Rhône et la Durance, ses pertes aux deux attaques furent d'environ 9,000 hommes, et ses pertes à la descente sur l'Italie de 7,000 environ[3].

« Les causes de tant de pertes, dit M. Hennebert[4], étaient essentiellement multiples. Cette énorme réduction des effectifs provenait, en effet, de la profondeur et de l'âpreté de la ligne d'opération, du nombre des passages de rivières effectués, de l'importance des combats livrés le long de la route, de l'obstacle matériel des Alpes, des glaces qui avaient rendu si dangereuse la descente, de la difficulté des transports au milieu des neiges, où s'étaient perdus tant de mulets de bât avec leurs chargements, des privations de toute espèce à la suite de ces accidents. Les troupes n'avaient pas souffert seulement du froid, mais encore de la faim. »

Il y avait deux causes principales : l'hostilité des populations, les difficultés des lieux.

---

[1] III, 56.

[2] Polybe, III, 54.

[3] Tels sont les chiffres donnés par Polybe, qui avait eu sous les yeux la table de Lacinium ; Tite-Live (XXI, 38) dit qu'on n'était pas d'accord ; n'était-ce pas que l'on confondait les évaluations relatives aux différents points de la marche d'Annibal ou bien que l'on comprenait dans son armée les auxiliaires qui se joignirent à lui après son arrivée en Italie ? Tite-Live indique comme le chiffre le plus restreint celui de 26,000 hommes qui est précisément celui de Polybe, et ajoute que Cincius Alimentus avait entendu dire à Annibal que, du passage du Rhône à son arrivée en Italie, il avait perdu 36,000 hommes et un grand nombre de chevaux et de bêtes de somme, ce qui est à peu près le chiffre des pertes faites à partir des Pyrénées.

[4] *Histoire d'Annibal*, IIme vol., p. 313. — M. Hennebert cite Polybe, III, 54, 56, 60, 63, 64 ; et Tite-Live, XXI, 38, 40, XXVII, 44.

De Carthagène aux Pyrénées, Annibal eut à livrer plus d'un combat. Il était attendu par les Gaulois établis sur les bords du Pô, Insubres et Boïens, et il pouvait compter sur eux ; mais c'est en vain qu'il avait cherché à se rendre favorables ceux qui habitaient la Gaule proprement dite et la région des Alpes. Des Pyrénées jusqu'au Rhône il put les contenir ; mais ils cherchèrent à empêcher le passage du Rhône. Il redoutait les Allobroges qui étaient entre le Rhône et les Alpes, et s'il put traverser en sécurité leur pays, c'est que les habitants de l'Ile, devenus ses alliés, marchaient avec lui. Mais, dès qu'il entre dans les Alpes, il est attaqué, et il est attaqué une seconde fois avant de les avoir franchies. Il va descendre chez les Taurini ; ils sont en guerre avec les Insubres ; il est obligé de les combattre.

Les Gaulois qui habitent les vallées des Alpes ont pour eux, dans leur lutte contre l'armée carthaginoise, l'avantage de positions qui leur sont bien connues ; de plus, ils sont résolus à employer tous les moyens ; ils se présentent à Annibal avec des symboles de paix, lui demandant son amitié ; ils se font accepter comme guides, pour le tromper, pour le trahir ; fait considérable, omis par M. Hennebert dans son énumération.

M. Hennebert [1] dit, à propos du passage des Alpes, que « les difficultés n'en étaient pas aussi considérables qu'on le suppose... et que les Romains en ont à tort exagéré l'importance. »

Eh bien, laissons de côté Tite-Live et, avec lui, Appien [2] qui a vécu également à Rome. Faut-il donc rappeler ici tous ces témoignages si formels de Polybe, citer de nouveau tous ces textes si précis ? N'a-t-il pas parlé sans cesse, à propos de la marche d'Annibal dans les Alpes, des difficultés qu'il rencontrait ? N'a-t-il pas décrit de la manière la plus saisissante les difficultés que présentaient les positions où il a été attaqué par les Gaulois ? N'a-t-il pas dit qu'à la descente, sans être attaqué, il avait, par suite de la seule difficulté des lieux, perdu presque autant d'hommes que dans les deux attaques ?

Ne serait-ce pas que M. Hennebert a conduit Annibal en Italie par

---

[1] *Histoire d'Annibal,* IIme vol., p. 270.
[2] *De bello Annib.,* c. 4. Ἐλθὼν δὲ ἐπὶ τὰ Ἄλπια ὄρη, καὶ μηδεμίαν μήτε δίοδον μήτε ἄνοδον εὑρὼν (ἀπόκρημνα γάρ ἐστιν ἰσχυρῶς) ἐπέβαινε κἀκείνοις ὑπὸ τόλμης κακοπαθῶν.

quelque partie des Alpes qui est facile à traverser? En ce cas, comment se mettra-t-il d'accord avec nos historiens, avec Polybe, puisqu'il récuse Tite-Live, qui, du reste, n'en a pas dit plus que Polybe?

Pour moi, si l'on me disait que les lieux où je place les deux attaques présentent des difficultés considérables, les lieux par où je fais descendre l'armée carthaginoise des difficultés plus considérables encore, je répondrais que ce n'est pas moi qui l'ai dit, mais les anciens, que je les ai laissés parler, que je me suis borné à transcrire leurs témoignages, en citant tous leurs textes et prenant tous ces textes dans leur sens littéral.

Et, si l'on s'étonnait qu'Annibal n'ait pas choisi un passage plus facile, qu'il n'ait pas évité et le défilé où les Gaulois allaient avoir sur lui l'avantage des positions et les obstacles naturels qui devaient lui faire perdre une partie de son armée, je rappellerais la perfidie des Gaulois et je citerais de nouveau ces mots de nos deux historiens : διὰ τὴν ἀθεσίαν τῶν βαρβάρων, ἐπὶ δόλῳ, *fraude et insidiis, ducentium fraude.*

A Carthagène, Annibal avait été quelque peu renseigné par les envoyés des Gaulois, mais avait-il pu pressentir ce que serait sa marche à travers la Gaule et à travers les Alpes? Quant à Magilus et à ses compagnons, où étaient-ils? Ils avaient promis de servir de guides, et il n'est plus question d'eux. Que penser de ces engagements qu'ils avaient pris? engagements qui ne pouvaient être suspects! Peut-on dire que l'armée carthaginoise, dans la traversée des Alpes, ne manque de rien? Ce serait oublier ce que dit Polybe que, par suite de la difficulté des transports et de la perte d'un grand nombre de bêtes de somme, l'armée avait beaucoup souffert de la faim[1] et que la famine avait mis les éléphants dans le plus triste état[2]. Peut-on dire qu'Annibal ne fut pas inquiété, ne courut aucun danger? Certes, lorsqu'il venait de passer le Rhône et qu'il se rencontrait avec Magilus, il était loin de penser que, pour arriver aux plaines de l'Italie, il perdrait, par suite de la difficulté des lieux et de l'hostilité des Gaulois, *cum hominibus locisque pugnando*[3], 20,000 hommes, presque la moitié de son armée.

---

[1] III. 60.
[2] III, 55.
[3] Tite-Live, XXVII, 39.

Je crois que nous avons concilié ces deux récits dont on a beaucoup dit que les données étaient inconciliables, celui de Polybe, celui de Tite-Live.

Dans le texte de Polybe, le passage où il est dit qu'Annibal, en s'éloignant du confluent du Rhône et de l'Isère, parcourut 800 stades le long du fleuve, appelait une interprétation ; pris littéralement, il ne se comprenait pas ; Polybe lui-même, en nous avertissant qu'il se bornerait à donner la direction générale, l'orientation, nous autorisait, nous invitait à l'interpréter, nous indiquait la seule interprétation possible.

De même, lorsqu'il dit qu'Annibal descendit au pays des Insubres, il donne encore une direction générale ; ailleurs, il précise et il complète cette indication trop sommaire, en disant qu'il traversa le pays des Taurini.

Enfin, dans le calcul des distances parcourues par l'armée carthaginoise, les 9.000 stades nous conduisent, non pas à l'entrée des plaines de l'Italie, non pas aux bords du Pô, mais non loin du Tessin, au pays des Insubres.

Voilà les trois seuls points du récit de Polybe qui demandent une explication.

Quant au récit de Tite-Live, il y a des réserves à faire.

Au lieu de se borner à transcrire, avec Polybe, la table de Lacinium, il nous dit qu'on n'était pas d'accord et qu'on évaluait différemment le nombre des hommes de l'armée d'Annibal ; pouvons-nous lui faire un reproche d'avoir consulté plusieurs historiens ?

Suivant lui, le peuple chez lequel intervient Annibal n'habitait pas l'Ile et il était Allobroge.

La mesure que donne Polybe du rocher des Barricades est pour Tite-Live la mesure de la profondeur de l'abîme.

Il donne au sujet de l'emploi de l'*acetum* une indication qui n'est pas dans Polybe, et qui est probablement erronée.

Il n'est pas très exact dans le calcul des dernières journées et a tort de dire que les bêtes de somme étaient restées, avec les éléphants, au-dessus du passage des Barricades.

Enfin, lorsqu'il dit que les hommes se retenaient aux souches et aux broussailles, lorsqu'il parle des arbres immenses qui étaient aux alentours, il a contre lui le témoignage formel de Polybe.

Mais quelle est la portée des réserves que nous avons à faire sur ces différents points? Je vois là des inexactitudes qui peuvent être le fait de divers historiens qu'il avait consultés et dont il lui était difficile de contrôler les témoignages ; mais rien qui autorise à lui retirer tout crédit ; il ne s'agit, du reste, relativement à l'ensemble du récit, que de détails qui sont d'une importance secondaire.

Ce qui est plus grave, c'est ce qui se rapporte à la marche même d'Annibal, à l'itinéraire qu'il a suivi.

Tite-Live se trompe lorsqu'il dit qu'après avoir apaisé les dissensions des Allobroges, Annibal prit sur sa gauche, par le pays des Tricastins ; il se trompe, lorsqu'il dit que de la Durance Annibal alla jusqu'aux Alpes par un pays de plaine. Ce qu'il dit ne sera exact qu'à la condition qu'on le rapporte à un point autre que celui qu'il indique. Et son erreur se comprend : ayant à concilier, à fondre ensemble, les récits de plusieurs historiens, n'ayant pas parcouru les lieux dont il est question et n'ayant pas de cartes sous les yeux, il lui arrive d'assigner à une donnée géographique une place qui n'est pas sa vraie place. Voilà à quoi se réduisent les seules erreurs graves que présente le récit de Tite-Live.

Mais, en général, n'est-il pas d'accord avec Polybe, et notamment n'est-il pas absolument d'accord avec lui pour tout ce qui se rapporte au passage des Alpes proprement dit, aux données topographiques relatives aux deux attaques ou aux difficultés rencontrées à la descente ? Ne nous a-t-il pas conservé des détails qui se concilient parfaitement avec le récit de Polybe et qui ont le caractère de la vérité ? Faut-il rappeler la description du passage de la Durance et celle de l'entrée des Alpes, ou bien les soldats d'Annibal, dans la région supérieure, essayant un peu au hasard différents passages ? Ne nous a-t-il pas laissé des indications géographiques qui permettent de combler les lacunes du récit de Polybe, ces indications relatives au pays des Tricastins, aux pays des Voconces et des Tricorii, relatives à la Durance, sans lesquelles le problème du passage des Alpes par Annibal serait resté un problème indéterminé ?

En somme, nous n'avons eu à interpréter qu'un très petit nombre de passages du récit de Polybe et du récit de Tite-Live. Et, si nous les avons interprétés, ce n'est pas pour les mettre d'accord avec telle idée préconçue, c'est que, pris dans le sens littéral, ils ne se pouvaient comprendre ; c'est, pour Polybe, que lui-même nous en fournissait l'interprétation ; c'est, pour Tite-Live, que, voyant d'où venait son erreur, nous dégagions aisément la vérité qu'elle avait voilée d'abord.

Et maintenant nous avons fait ce que nous nous étions proposé : ces deux grands récits qui se confirment et se complètent l'un l'autre, nous les avons lus avec attention, pesant toutes les expressions, conservant à chacune d'elles son sens littéral, ou ne les interprétant que lorsque l'interprétation était nécessaire et indiquée ; et, en les lisant, nous avons reconnu, sur une longue ligne de plus de cent kilomètres, la parfaite exactitude des données topographiques et des descriptions qu'ils renferment. Et nous avons le sentiment de n'avoir cédé ni à l'illusion qui ôte à la réalité son vrai caractère pour l'amener à répondre aux données d'un texte, ni à l'illusion qui consiste à altérer le sens d'un texte pour n'en retenir que ce qui répond à ce que nous avons sous les yeux. Sans parti pris, sans aucune idée préconçue, nous avons laissé Polybe et Tite-Live nous guider et nous avons simplement constaté, sur place, la vérité de leurs récits, l'exactitude de leurs descriptions.

II

Il ne suffit pas de parcourir la vallée de Barcelonnette et de montrer, textes en main, que c'est le chemin qu'Annibal a suivi pour aller en Italie ; il faut contrôler cette opinion, et pour cela explorer les autres vallées des Alpes, en lisant sur place ce qu'ont écrit les auteurs qui y ont fait passer Annibal ; il faut, d'une manière générale, rechercher s'il est vrai que les textes des deux historiens anciens se prêtent à toutes les interprétations, que partout dans les Alpes on rencontre des lieux qui répondent également bien aux données de Polybe et de Tite-Live.

Les auteurs qui font passer Annibal par le Grand Saint-Bernard, ont contre eux l'autorité de Polybe d'après lequel il est descendu, non pas au pays des Salasses, mais au pays des Taurini, l'autorité de Varron, l'autorité de Tite-Live qui dit que, du pays des Voconces et des Tricorii, il alla traverser la Durance, et qui, après avoir rappelé qu'il descendit chez les Taurini, ajoute : « Comme tous les auteurs sont d'accord sur ce point, je m'étonne qu'il y ait des opinions si différentes au sujet de la partie des Alpes qu'il a franchie, et qu'on ait

pu penser communément que ce fut par les Alpes Pennines, et que
c'est de là que vient leur nom..., ce passage l'eût conduit, non chez
les Taurini, mais chez les Gaulois Libuens, à travers les montagnes
des Salasses. Il n'est pas vraisemblable que cette voie fût praticable à
cette époque ; des peuples demi-Germains auraient fermé l'accès de
l'Alpe Pennine. Un fait qui paraît certain, c'est que les Véragres, habitants de cette partie des Alpes, n'ont point connaissance que jamais
le passage d'une armée Punique ait fait donner à leurs montagnes le
nom de Pennines, ainsi appelées d'un dieu Pennin qu'on adore sur le
sommet de ces monts[1]. »

Pour soutenir cette vaine opinion, Withaker[2] et M. l'abbé Ducis[3]
n'ont pas hésité à opposer à des témoignages si précis et d'une si haute
valeur ceux d'auteurs tels que Pline l'ancien, Ammien Marcellin,
Servius et Isidore de Séville, Luitpraud et Paul Jove.

Mais on chercherait vainement chez Pline[4], chez Ammien Marcellin[5], une affirmation motivée ; ils se bornent à mentionner ce qui a
été dit par ceux qui pensaient que les Alpes Pennines devaient leur
nom aux Carthaginois, *Pœni,* et les Alpes Grées à de prétendus voyages d'Hercule. Ammien Marcellin, dans ce passage même où il ratta-
che le nom des Alpes Pennines aux souvenirs de la seconde guerre
Punique, dit qu'Annibal a passé par les pays des Voconces et des
Tricorii, et qu'il a traversé la Durance. Comment les partisans du
Grand Saint-Bernard invoquent-ils le témoignage d'un auteur qui
est si peu d'accord avec lui-même et qui, en réalité, se prononce
contre leur hypothèse ? Servius[6] et Isidore de Séville[7] sont plus affir-
matifs, mais peu dignes de foi ; compilateurs sans critique, ils ont
pris au sérieux ce qui n'est qu'un vain rapprochement de noms.

---

[1] XXI, 38.

[2] *The Course of Hannibal over the Alps ascertained,* Londres, 1794.

[3] *Le Passage d'Annibal du Rhône aux Alpes,* 1869, et *les Alpes Graies, Pœnines
et Cottiennes,* 1872.

[4] III, 21, 17. Dein Salassorum Augusta Prætoria, juxta geminas Alpium fores,
Graias atque Pæninas ; his Pænos, Graiis Herculem transisse memorant.

[5] XV, 10.

[6] *Ad Æn.,* X, 13 : loca ipsa quæ (aceto) rupit Pæninæ Alpes vocantur.

[7] *De Originibus,* XIV, 8 : Alpes Pæninæ, qua Hannibal veniens ad Italiam
easdem Alpes aperuit.

Luitpraud[1] veut qu'Annibal ait passé par Bard, ce qui prouve seulement qu'au milieu de l'ignorance du x° siècle on en était venu à attribuer aux Carthaginois les travaux faits par les Romains pour rendre praticable la voie des Alpes Grées ; et, d'après Paul Jove[2], il y aurait sur les rochers de Bard une inscription qui rappellerait les travaux faits par Annibal pour s'y ouvrir un passage[3].

Mais, dès le xvi° siècle, on avait signalé l'étonnante crédulité de Luitpraud et de Paul Jove ; on avait dit qu'Annibal n'aurait pu s'arrêter pour faire un travail tel que celui qu'on voit près de Donnas, pour couper avec le pic les rochers sur une pareille étendue ; on avait dit que, s'il y avait une inscription ancienne, c'était, sur une petite colonne milliaire, l'indication de la distance à partir d'Aoste ; et qu'en outre, au temps de Paul Jove, on pouvait y voir l'inscription en lettres gothiques rappelant que Thomas de Grimaldi a passé par ce défilé de Donnas et de Bard le 15 février 1474[4].

Nous avons suivi à travers les siècles cette vaine tradition relative aux Alpes Pennines, contre laquelle protestait déjà Tite-Live, en en montrant l'inanité, en la réduisant à une simple confusion de noms.

M. l'abbé Ducis croit, il est vrai, pouvoir invoquer de plus hautes antorités, celle de Polybe[5], celle d'Appien[6]. Mais que Polybe ait dit

---

[1] I, 8 : quod cernens Arnulphus, quoniam per Veronam non potuit, per Hannibalis viam, quam Bardum dicunt et montem Jovis repedare voluit.

[2] *Hist.*, XV, p. 297 : has rupes ignibus acetoque Hannibalem perfregisse multi opinantur, ut apud Barrum, ejus itineris pagum, perpetuo tanti ducis gloriæ monumento, litteræ ipsis cantibus inscriptæ significant.

[3] A ces témoignages on pourrait joindre celui de Warnefrid (*de gestis Longob.*, II, 18) : Alpes Apenninæ (*sic*) dictæ sunt a Punicis, hoc est Annibale et ejus exercitu ; — et celui de *la totale et vraye description de tous les passaiges, lieux et destroitz par lesquels on peut passer et entrer des Gaules en Italie* (1515) : « Là (au lieu de Bar) est ung merveilleux passaige, qu'on dit que le dit Hannibal feist faire en rompant la montaigne à force d'engins, de feu et de vinaigre, ainsi comment est escript et insculpé contre le roch d'icelluy passaige, et l'appellent lou communément le pas de Hannibal ».

[4] Simler, *Vallesiæ et Alpium descriptio*, 1574. — *Theatrum Statuum regiæ Cels. Sabaudiæ Ducis*, 1682.

[5] III, 47.

[6] *De bello Annib.*, c. 4.

que le Rhône coule d'abord dans une vallée qui n'est autre que le Valais, ce n'est pas une preuve qu'Annibal ait passé par cette vallée ; et c'est une erreur de dire qu'Appien « qualifie la vallée d'Aoste de route d'Annibal » ; Appien a dit que le passage suivi par Annibal a conservé le nom de passage d'Annibal ; il n'a pas dit qu'Annibal ait passé par la vallée d'Aoste.

Suivant Withaker, Annibal est allé s'engager, de la manière la plus invraisemblable, dans le massif des Cévennes, par Lodève, le Vigan, Anduze ; il a passé le Rhône, non pas à quatre journées de la mer, mais à Horiol, près de la Drôme ; l'Ile ne serait autre chose que la langue de terre sur laquelle se trouve, entre le Rhône et la Saône, la ville de Lyon ; Annibal a continué de remonter le cours du Rhône jusqu'à l'embouchure du Fier, près de Seyssel ; de là il est allé à Genève, en traversant l'Arve, qui est la *Druentia* ; il a longé le lac, a franchi, on sait comment, les rochers qui, à Meillerie, à Saint-Gingolph, forment des murailles à pic ; est arrivé à Martigny, où il est entré dans les Alpes ; il a été attaqué par les Gaulois et s'est emparé de leur ville, qui est Saint-Branchier (Sembrancher) ; il s'est avancé jusqu'à Orsières, d'où il est revenu sur ses pas, pour aller errer dans le val de Bagnes ; ainsi le veut le compte des journées de marche ; sur neuf il faut en perdre six ; d'ailleurs, pous justifier cette étrange excursion dans le val de Bagnes, Withaker en appelle à Tite-Live, qui a dit qu'Annibal fut trompé par ses guides, et qu'arrivé vers le faîte des Alpes ses soldats tentaient au hasard différents passages. Du val de Bagnes les Carthaginois reviennent à Saint-Pierre, montent au Grand Saint-Bernard et descendent en Italie par Aoste.

M. l'abbé Ducis entend, comme Withaker, que l'on prenne à la lettre ce qu'a écrit Polybe au sujet de la marche le long du fleuve ; il suppose cependant qu'Annibal a quitté le Rhône pour aller directement de Vienne à Aoste, Saint-Genis, et pour prendre, au-dessus de Seyssel, la vallée des Usses, où il fut attaqué par les Gaulois ; il aurait traversé la Drance du Chablais, qui serait la *Druentia* ; M. Ducis n'hésite pas plus que Withaker à faire passer Annibal par Meillerie et Saint-Gingolph, suppose qu'il y fut attaqué et y trouva une position sûre ; si Polybe ne parle pas du lac de Genève, c'est que, pour celui qui vient de voir la Méditerranée, le delta du Rhône et ses marais salants, ce lac « n'est qu'un vaste étang, un marais du Rhône ». De

Martigny ἀπὸ τῶν κατὰ τὸν Ῥοδανὸν τόπων[1], Annibal monte directement au Grand Saint-Bernard ; « nulle part ailleurs qu'en Valais le
Rhône ne baigne le pied des Alpes ». Les nombreuses inscriptions des
Alpes Pœninæ témoignent assez que ce passage est celui qui a été
franchi par Annibal. A la descente, c'est au défilé de la Clusaz
qu'Annibal aurait rencontré des difficultés. Enfin, les 1,200 stades
de Polybe conduisent de l'entrée du val des Usses, qui serait le commencement des Alpes, à Aoste où nous nous trouvons bien loin des
plaines.

M. l'abbé Ducis ne reconnaît d'autre autorité que celle de Polybe ;
quant à Tite-Live, il se contente de « déplorer son improbité litté-
raire ». Mais lorsqu'il cherche l'explication littérale du texte de Polybe, relatif à la marche le long du fleuve, il reconnaît lui-même que
cette explication est impossible ; il ne peut, pas plus que Withaker,
rendre compte de l'indication des distances ; enfin, si Withaker et
lui avaient essayé d'étudier le récit des deux attaques et les difficultés
de la descente, ils auraient vu que leur hypothèse ne répond pas aux
données de Polybe.

Annibal a-t-il passé par le col de la Seigne ? Il faut reconnaître que
les glaciers du Mont-Blanc, le glacier d'Uriage, le glacier de la
Breuva, auraient pu opposer à sa marche de sérieux obstacles ; mais
on ne voit pas où il aurait pu camper, et les difficultés qu'il eût rencontrées auraient été tout autres que celles qui ont été décrites par
nos deux historiens.

Les auteurs qui ont mis en avant cette opinion s'accordent à dire
qu'Annibal arrivait par la vallée de Beaufort. Le Doron, qui arrose
cette vallée, serait la *Druentia*. L'un le fait redescendre sur la vallée
de l'Isère par le col du Cormet ; pourquoi ce détour, et, une fois qu'il
est dans la vallée de l'Isère, pourquoi ne passe-t-il pas par le Petit
Saint-Bernard ? Les autres le font redescendre de la croix du Bonhomme ou de la croix du Biollay au Chapin pour remonter au col
de la Seigne, ou, d'une manière plus invraisemblable encore, le font
passer du col de la Saulce à la croix du Bonhomme, pour monter au

---

[1] III, 47.

col des Fours, redescendre au val des Glaciers et remonter par les Mottets au col de la Seigne.

Et, comme Annibal cherche à plaisir les difficultés, il aurait, dans le massif de la Grande-Chartreuse, passé par le col de la Cochette, et de là il serait allé vers le passage des Échelles ou vers le défilé de Chaille.

Je me borne à exposer sommairement, sans m'arrêter à discuter, parce que nous n'avons ni pour le Grand Saint-Bernard, ni pour le col de la Seigne, une étude quelque peu complète de tout ce qui se rapporte à la marche d'Annibal ; nous sommes en présence d'hypothèses trop peu justifiées et d'assertions gratuites bien faites pour étonner ceux qui lisent attentivement les textes anciens et ceux qui connaissent les lieux où l'on fait passer Annibal.

Cœlius Antipater, qui avait composé une histoire de la seconde guerre punique, disait qu'Annibal avait passé *per cremonis jugum*, par le Petit Saint-Bernard ; Tite-Live ne cite cette opinion que pour la combattre ; il faudrait, dit-il, qu'Annibal fût descendu en Italie non par le pays des Taurini, mais par le pays des Salasses et celui des Gaulois Libuens [1].

D'autre part, nous lisons dans Cornélius Népos qu'avant Annibal nul n'avait traversé les Alpes avec une armée, si ce n'est l'hercule grec, d'où le nom d'Alpes grecques donné à cette partie des Alpes [2]. Il est à remarquer que Cornélius ne dit pas d'une manière explicite qu'Annibal a passé les Alpes Grées ; mais, quand encore il le dirait, qu'y aurait-il là que de vains rapprochements entre la marche du général carthaginois et les prétendus voyages du héros grec, et, d'autre part, entre le nom des Grecs, *Graii*, et celui des Alpes Grées ? Dans un temps où les Alpes étaient si peu connues, on se plaisait à de semblables conjectures, et c'est là sans doute l'origine de l'opinion de Cœlius Antipater. Tite-Live, alors qu'il la mentionne, prend soin de relever aussi l'erreur de ceux qui, séduits par ces mêmes analogies, faisaient passer les Carthaginois, *Pœni,* par le Grand Saint-Bernard,

---

[1] XXI, 38.

[2] *Vita Hannib.*, c. 3 : Ad Alpes posteaquam venit, quæ Italiam ab Gallia sejungunt, quas nemo umquam cum exercitu ante eum, præter herculem Graium, transierat, quo facto is hodie saltus Graius appellatur...

Alpes Penninæ. Indiquer la source de pareilles opinions, c'est les avoir réfutées. Si déjà dans ces temps reculés on n'était point d'accord sur la question qui nous occupe, ne donnons pas trop de portée à ces divergences d'opinions ; qui donc hésitait, qui donc se trompait ? C'étaient ceux qui demandaient à des étymologies la solution d'un problème d'érudition et de topographie.

Ce vain et obscur témoignage a valu à Cornélius Népos l'indulgence, que dis-je ? la faveur de tous les partisans de l'hypothèse du Petit Saint-Bernard. Les erreurs si graves et si nombreuses que présente sa vie d'Annibal, ils se les expliquent volontiers, ou au moins ils les lui pardonnent. Ils ont en son témoignage une confiance absolue, une foi inébranlable : *hæc quidem unice probamus,* dit l'un d'eux.

Et en effet, qui invoquer après Cornélius ? Luitpraud, Paul Jove, gens de peu d'autorité et qui, du reste, ne fournissent pas l'argument qu'on leur demande ; ils parlent, il est vrai, de Bard, mais non des Alpes Grées, et les auteurs qui font passer Annibal par les Alpes Pennines citent précisément, nous l'avons vu, Luitpraud et Paul Jove.

Cornélius Népos n'ayant rien affirmé d'une manière précise, Cœlius Antipater est le seul historien qui ait fait passer Annibal par le Petit Saint-Bernard, et l'on peut dire qu'il a contre lui tous les auteurs anciens. C'est d'abord Cincius Alimentus. Cet historien, qui fut prisonnier d'Annibal, affirme que les Carthaginois entrèrent directement dans le pays des Taurini [1]. C'est Polybe, qui, au dire de Strabon, signalant à la fois le passage par le pays des Salasses, et le passage par celui des Taurini, ajoute qu'Annibal a pris par ce dernier [2]. C'est Tite-Live, qui fait descendre également Annibal chez les Taurini et ne rapporte l'opinion de Cœlius que pour la combattre [3]. C'est Appien [4]. C'est Varron, d'après lequel Annibal est entré en Italie par un passage qui n'est pas celui des Alpes Grées, c'est-à-dire du Petit Saint-Bernard.

On a cherché, il est vrai, à infirmer ces témoignages si positifs de

---

[1] Tite-Live, XXI, 38.
[2] Strabon, IV, 6. — Polybe, XXXIV, 10; cf. III, 50.
[3] XXI, 38. 39. — De même Silius Italicus, III° vol., 646.
[4] *De bello Annib.,* c. 5.

Polybe et de Varron, à ne voir dans leurs termes les plus essentiels qu'une opinion personnelle de Strabon ou de Servius. Mais rien ne peut ébranler l'autorité de tant d'historiens anciens unanimes à condamner une opinion qui n'a pour elle qu'une affirmation non motivée de Cœlius et un texte obscur d'un homme aussi peu digne de foi que l'auteur de la *Vie d'Annibal*.

Comment les partisans de l'hypothèse du Petit Saint-Bernard acceptent-ils, comment interprètent-ils les textes de Polybe et de Tite-Live ?

Tous ils admettent qu'il y a entre ces deux récits une contradiction radicale ; tous ils sacrifient Tite-Live à Polybe.

Les dissertations consacrées à la défense de cette opinion en France, en Suisse, en Allemagne, en Angleterre, ne sont que des plaidoyers contre Tite-Live, dont les données, dit-on, « pèchent contre la géographie et contre le bon sens. » — « Il présente un vivant exemple de ces écrivains que Polybe censure comme invraisemblables et vides de raison. » — « Il est (Deluc, p. 288) d'une inexactitude rebutante ; il est en géographie d'une ignorance impardonnable chez un historien... Lorsqu'on est arrivé à l'expédition d'Annibal en Italie, on doit fermer Tite-Live et ne suivre que Polybe. » — « Il sacrifiait la précision scientifique au désir de plaire et d'émouvoir ; au lieu d'un récit historique, il composait une déclamation ; mes oreilles ne supportant que les récits simples et nus. » — « Je cherche une histoire sérieuse, et je ne trouve qu'un tableau de fantaisie, une déclamation, une amplification faite avec de vagues souvenirs admirablement exprimés, mais sans ordre, et presque toujours à contre-sens (Rossignol). » On veut bien reconnaître en lui les dons de l'imagination et du style, mais qu'il ne prétende pas au mérite de l'historien. Et, si quelque savant proteste contre de pareilles appréciations, soutient que l'on peut concilier les récits de Tite-Live avec ceux de Polybe, il faut voir quelles colères il soulève et comme on hésite peu à l'accuser de *légèreté* et à dire : « C'est pour moi une chose incompréhensible qu'un homme de bon sens, comme je suppose qu'est M. Letronne, ait pu soutenir encore que l'on pouvait concilier entre eux le récit de Tite-Live avec celui de Polybe[1]. »

---

[1] Laranza fait remarquer que, dans l'édition de Tite-Live publiée par Lemaire, l'auteur de *l'excursus de transitu Alpium*, M. Larenaudière a traité la question comme si Tite-Live n'avait rien écrit sur ce sujet.

Ce qu'on ne peut pardonner à Tite-Live, c'est d'avoir dit qu'Annibal a passé par le pays des Voconces et celui des Tricorii et qu'il a traversé la Durance [1].

Mais les partisans de l'hypothèse du Petit Saint-Bernard sont-ils donc autorisés à rejeter les témoignages de Tite-Live, parce que ces témoignages sont en contradiction avec cette hypothèse? Est-on en droit de condamner Tite-Live parce qu'il ne justifie pas, parce qu'il condamne les idées que l'on a?

On insiste, il est vrai, sur ses inexactitudes, sur les erreurs qu'il a commises; mais nous savons comment elles s'expliquent et à quoi elles se réduisent; il y a lieu de faire, en le lisant, certaines réserves; mais rien n'autorise ceux qui ont tant d'indulgence pour Cornélius Népos à se montrer si sévère pour Tite-Live et à lui refuser tout crédit.

Mais, direz-vous, nous rejetons ce témoignage, relatif à la marche entre le Rhône et la Durance, non seulement parce qu'il vient d'un auteur qui nous paraît peu digne de foi, mais pour cette raison plus grave qu'il est formellement contredit par Polybe. Voilà ce qu'il s'agirait de prouver.

Les partisans de l'hypothèse du Petit Saint-Bernard croient trouver dans l'historien grec des données inconciliables avec le récit de l'historien latin, et cela sur trois points principaux : la marche en remontant le Rhône, la marche à travers le pays des Allobroges, la descente d'Annibal au pays des Insubres.

Je ne crois pas avoir à revenir sur la discussion de ces trois points du récit de Polybe, et je puis la considérer comme une réponse suffisante. J'ajouterai quelques mots seulement.

Les partisans de l'hypothèse du Petit Saint-Bernard cherchent à prouver qu'Annibal a traversé l'Ile ou delta, compris entre le Rhône et l'Isère, c'est-à-dire le pays où nous trouvons les Allobroges au

---

[1] Deluc, *Histoire du passage des Alpes par Annibal*, 2ᵐᵉ éd., p. 240 : Ce qui a dérouté, dit-il, ceux qui ont voulu chercher d'après Tite-Live le chemin suivi par Annibal, « c'est l'addition, je l'appellerai même l'interpolation, à la fin du chapitre 49 de Polybe, du nom des peuples chez lesquels l'auteur latin suppose qu'Annibal passa, et la supposition, en outre, du passage de la Durance. » Et plus loin, p. 248 : « cette addition change d'une manière absurde la direction de la route indiquée par l'auteur grec. »

temps de César, et dont Vienne est la ville principale. Mais les deux historiens anciens disent seulement qu'il arriva vers l'Ile[1], et si Polybe ajoute qu'il trouva dans l'Ile, ἐν αὐτῇ, deux frères qui se disputaient le pouvoir, il se peut que, sans y pénétrer, il ait réglé ce différend. Ainsi l'entendait M. Letronne, qui faisait autorité, je crois, et comme critique et comme helléniste : il a suffisamment montré qu'aucune expression des auteurs anciens ne permet d'affirmer qu'Annibal ait remonté le Rhône plus haut que l'embouchure de l'Isère.

Polybe dit, et nous avons expliqué ce qu'il faut entendre par là, qu'Annibal, de l'Isère aux Alpes, parcourut le long du fleuve, παρὰ τὸν ποταμόν, 800 stades. C'est, dit-on, du Rhône, et du Rhône seulement, qu'il est question. Or, lorsqu'on mesure ces 800 stades, on n'arrive pas à l'entrée des Alpes, mais à l'endroit où l'Ain et la Bourbre se jettent dans le Rhône. Renonçant dès lors à prendre les expressions de Polybe dans leur sens littéral, on suppose qu'Annibal, quittant le Rhône à Vienne, et coupant l'angle qu'il fait sur Lyon, est allé le rejoindre à Aoste-Saint-Genis, pour passer de là par le mont du Chat. Placé dans cette alternative, ou de quitter le fleuve, ou de ne pas arriver au pied des Alpes, on est obligé de reconnaître que la forte concision du récit de Polybe a besoin d'être interprétée. Nous prenons acte de ce qu'on est forcé d'admettre, et nous disons : Vous opposez à Tite-Live un témoignage de Polybe pris dans le sens précis et littéral, et vous reconnaissez en même temps que, pris dans le sens précis et littéral, il ne reçoit aucune explication possible. De deux choses l'une, ou bien nous ne l'interpréterons ni les uns ni les autres ; alors vous ne le comprendrez pas plus que nous ; ou bien vous l'interpréterez pour le concilier avec d'autres données de Polybe et avec la topographie ; mais alors, ce droit que vous prendrez pour vous-mêmes, vous nous l'accorderez aussi.

Où sont donc ces prétendues contradictions formelles entre Polybe et Tite-Live ? Sur quoi reposent-elles, si ce n'est sur la manière dont nous interprétons Polybe, tantôt prêtant à ses expressions une rigueur littérale que nous sommes obligés de désavouer nous-mêmes, tantôt essayant de lui faire dire plus qu'il ne veut dire, tantôt acceptant une

---

[1] Polybe, III, 49 : ἧκε πρὸς τὴν καλουμένην Νῆσον..... πρὸς ἣν ἀφικόμενος. — Tite-Live, XXI, 31 : ad insulam pervenit.

donnée sans rétablir les détails et les explications qui la complètent.

Qu'il faille pour comprendre la marche d'Annibal, fermer le livre de Tite-Live, voilà ce que je ne puis admettre. On a beaucoup dit, mais en réalité on n'a jamais prouvé que son récit n'était point digne de foi, ou qu'il était en contradiction avec celui de Polybe ; la persistance et la vivacité des attaques sont bien faites pour mettre en garde contre l'hypothèse qui veut qu'on l'écarte du débat. S'agit-il donc, pour arriver à une solution, de choisir à son gré les témoignages favorables, de rejeter les autres ? Non, mais de tenir compte de toutes les autorités et de les peser ; de lire nos deux grandes narrations avec un esprit exempt de prévention, qui les explique et les complète l'une par l'autre. Alors la conciliation s'accomplit, mais ce n'est pas en faveur de l'hypothèse du Petit Saint-Bernard.

Voilà ce que, sans sortir de son cabinet, à ne considérer que les textes des historiens anciens et leur autorité relative, on peut se dire au sujet de l'hypothèse du passage d'Annibal par le Petit Saint-Bernard. Il resterait à la soumettre à un dernier contrôle, en cherchant comment elle répond aux descriptions des anciens.

Si par un scrupule d'exactitude, ses partisans ont sacrifié Tite-Live, on est en droit d'attendre que, regardant Polybe comme seul digne de foi, ils n'éprouvent ni embarras, ni hésitation à expliquer sur les lieux mêmes les termes de la narration grecque. Il n'en est rien cependant : ce témoin, sur lequel ils ont cru pouvoir compter, qu'ils ne peuvent plus récuser, va protester contre eux.

Je l'ai déjà dit, 800 stades parcourus le long du fleuve ne conduiraient pas à l'entrée des Alpes ; alors on va directement de Vienne à Aoste-Saint-Genis [1], et on trouve dans la vallée du Rhône, vers Yenne, l'entrée des Alpes, au mont du Chat le théâtre de la première attaque. Mais il a fallu s'écarter de la donnée de Polybe.

Et de ce point jusqu'aux plaines du Pô, il y aura 1,200 stades, dit

---

[1] Deluc suppose qu'Annibal a quitté le Rhône à Vienne, et dit (2me éd., p. 81) ; « Quoique Polybe nous dise qu'Annibal marcha le long du Rhône jusqu'à la montée des Alpes, nous ne pouvons supposer que ses guides lui firent suivre tous les détours du fleuve ; ils lui firent éviter nécessairement le grand coude que le Rhône fait à Lyon, et celui qu'il fait dix lieues plus haut, pour rejoindre ce fleuve à Saint-Genis-d'Aouste ».

6

Polybe. Mais il faut reconnaître aussitôt qu'il s'est trompé, car, cet espace parcouru, nous nous trouvons dans les montagnes à 45 kilomètres environ d'Ivrée.

Le passage du mont du Chat est des plus faciles : une pente à monter du côté du Rhône ; au sommet, une faible dépression, un petit vallon, une pente à descendre sur le lac du Bourget. Les auteurs qui placent ici la première attaque, font remarquer que le pays est des plus beaux, la vue charmante, ce que nous reconnaissons bien volontiers. Alors nous ne sommes pas dans ces lieux que les anciens ont appelés « l'entrée des Alpes ». Rien qui réponde au tableau tracé par Tite-Live[1] ; rien qui réponde aux données topographiques, si précises, si caractéristiques, du récit de Polybe.

On nous montre une armée gravissant des pentes dont l'ennemi occupe les points culminants ; ce n'est pas ce que nous cherchons avec l'historien grec. Où est ce défilé où était engagée l'armée carthaginoise, où sont les abîmes ? Où sont ces difficultés au milieu desquelles l'armée courut de si grands dangers ? Où sont ces vallées où les Gaulois auraient pu, par surprise, l'anéantir ?

Dès qu'Annibal s'est emparé des points les plus élevés, son armée peut passer, sans être inquiétée, ni à la montée, ni à la descente.

Si les Gaulois ont précipité dans le lac hommes et bêtes de somme, comment Polybe, qui parle des abîmes, ne parle-t-il pas du lac ?

Enfin la ville des Gaulois ne peut être Remenc, près de Chambéry, qui serait trop éloigné ; et si c'est au Bourget que les Gaulois s'étaient retirés pendant la nuit, comment, au matin, Annibal les en a-t-il laissés sortir, alors qu'il était maître des hauteurs ?

On a dit qu'Annibal avait remonté, non pas le Rhône, mais l'Isère.

---

[1] Et aussi lisons-nous dans l'*Histoire du passage des Alpes par Annibal* de Deluc, p. 250 : « Cette peinture de Tite-Live n'a aucune espèce de vérité de quelque côté qu'on aborde les Alpes... Ainsi, par exemple, transportons nous aux environs de Yenne et de Chevelu, au pied du Mont du Chat... La petite ville de Yenne n'est élevée que de 100 toises au-dessus du niveau de la mer..., il y a dans les environs des vignobles qui produisent de très bons vins et ces vignobles s'élèvent jusqu'aux deux tiers du passage de la montagne... des environs de Yenne on ne peut pas voir la haute chaîne des Alpes... les hautes Alpes couvertes de neige sont très éloignées. Ainsi donc la description que nous fait Tite-Live des objets qui devaient épouvanter les Carthaginois, est absolument imaginaire. »

Alors il a parcouru, le long de cette rivière, jusqu'à Séez, 1,150 stades ; comment Polybe dit-il 800 ? Si l'on mesure 800 stades, seulement, on arrive vers Montmélian ; comment Polybe a-t-il placé l'entrée des Alpes, en ce point, dans cette belle et large vallée de l'Isère ?

Annibal aurait été attaqué entre Aigueblanche et Moutiers, au mont Séran. Le défilé est long et difficile ; mais si Annibal s'est engagé d'abord sur la rive gauche, où l'on voit les vestiges d'une voie romaine, il pouvait tenter ensuite le passage par la rive droite, où est la route actuelle. Les Gaulois étaient obligés d'occuper et le mont Séran et la montagne qui est de l'autre côté de l'Isère, et, comme ces deux positions se rattachent l'une et l'autre à des chaînes prolongées et accessibles, elles peuvent être attaquées et franchies, le défilé peut être tourné, par la droite ou par la gauche ; ayant à défendre deux immenses fronts contre une armée plus nombreuse, les Gaulois auraient été aisément surpris et culbutés. Ce n'est pas ce front de Saint-Vincent, où le petit nombre avait l'avantage d'une position qui domine tout, barre la vallée et ne peut être tournée. Rien au mont Séran ne répond aux données de Polybe.

D'ailleurs la première attaque aurait eu lieu, non pas à l'entrée des Alpes, comme le veut Polybe, mais beaucoup trop loin de l'endroit où le compte des 800 stades en a, à notre grand étonnement, fixé l'emplacement ; et elle aurait eu lieu beaucoup trop près du pied du Petit Saint-Bernard, où il faudra chercher la deuxième attaque. On ne pourrait comprendre Polybe qui, entre les deux attaques, compte des journées de marche, pendant lesquelles Annibal n'aurait eu à parcourir que 33 kilomètres.

Les partisans de l'hypothèse du Petit Saint-Bernard s'accordent à placer la deuxième attaque au-dessus de Séez, à l'endroit où Annibal venait de quitter l'Isère et de s'engager dans le vallon du Reclus pour monter au Petit Saint-Bernard. Sur la rive gauche du Reclus on montre une roche blanche ; ce doit être la position sûre occupée par Annibal !

Ce qu'il y a en réalité, ce sont de vastes éboulements de bancs de schistes noirâtres de la montagne du Grand-Bois, et, dans ces schistes décomposés, des blocs de gypse d'un brun jaunâtre et des blocs de gypse blanc (gypse saccharoïde), dont la couleur réapparaîtra sous la main de l'homme ; tout cela dans un amas confus d'une teinte sombre.

C'est la partie la plus basse des pentes du Grand-Bois ; on y est par là même dominé, et la position serait loin d'être sûre ; on n'y serait pas à l'abri des Gaulois qui occuperaient les hauteurs.

Le ravin du Reclus serait donc ce ravin profond où s'était, d'après Polybe, engagée l'armée d'Annibal. Mais ce n'est pas un ravin dominé, d'un côté par une montagne, comme le disent nos deux historiens ; c'est un ravin encaissé entre deux montagnes.

Du reste, ceux-là même qui nous y ont amenés hésitent, ne sont pas d'accord. Les uns disent, avec Polybe, que l'armée était dans le ravin ; d'autres, à l'aspect des lieux, ne le peuvent admettre. En effet, les nombreuses cascades du Reclus, les éboulements de la rive droite, et au-dessus de la pierre blanche, des éboulements sur les deux rives, le rendent absolument impraticable. Et comment aurait-on l'idée de s'y engager, quand on peut au Villars monter par des pentes garnies de prairies, puis traverser le ravin, et de l'autre côté, continuer la montée par Saint-Germain ? Mais alors, dit un de nos auteurs, « le poste qu'Annibal avait choisi devenait inutile pour protéger son armée ! »

Au passage du Petit Saint-Bernard, on est de toutes parts entouré de montagnes, et l'on est réduit à accuser de nouveau Polybe d'inexactitude. Comment a-t-il pu dire qu'Annibal montrait à ses soldats les plaines de l'Italie ? On voyait seulement, ajoute-t-on, que l'eau descendait, et qu'il n'y avait plus qu'à en suivre le cours !

Au moment où vers la Cantine on quitte les plateaux du Petit Saint-Bernard, la route actuelle descend rapidement des mamelons échelonnés en gradins entre le ruisseau des Eaux-Rousses à droite et la Doire venue du Vernet et des Chavannes à gauche. Au-dessous de Pont-Séran, cette rivière tourne brusquement, coupe la ligne des mamelons par une crevasse profonde et va se joindre au ruisseau des Eaux-Rousses. Ce passage de rivière est-il donc l'obstacle qui arrêta Annibal ? Je ne reconnais ni la description qu'en a faite Polybe, ni les mesures qu'il a données. Le ravin, du reste, est si étroit, qu'il suffit de jeter quelques bois d'un rocher à l'autre pour le franchir, et nous ne sommes point dans cette région élevée dont parle l'historien grec, où les Alpes sont nues et sans arbres ; les bois de sapins commencent à la source des Eaux-Rousses. Dès lors, s'il fallait tourner l'obstacle de Pont-Séran, on ne s'élèverait point jusqu'aux neiges éternelles ; il suffirait de prendre à gauche, à partir de la Cantine, pour couper le ruisseau du Vernet, puis le ruisseau des Chavannes, et de descendre à La Thuile par la rive gauche de la Doire ; ou, ce qui serait plus aisé, de prendre à la droite des Eaux-Rousses sur le plateau qui est au pied du Belvédère et qui s'incline vers La Thuile, en suivant la pente même du ruisseau. Ainsi rien de commun entre ce passage et la narration des anciens[1].

Un peu au-dessous de La Thuile, la route traverse la Doire, pour s'engager en corniche dans les rochers de la rive droite ; sur la rive gauche s'élève à une grande hauteur une montagne abrupte dont les avalanches remplissent chaque printemps le lit de la Doire, y restent jusqu'à cinq ou six ans de suite, et montent parfois jusqu'à la route. Trouvons-nous donc là tout à la fois et les neiges de l'hiver précédent et le passage qu'ouvrit Annibal ? ou bien, placerons-nous les neiges ici et le passage difficile à Pont-Séran ? Ces deux hypothèses sont également inadmissibles ; car Polybe nous apprend qu'Annibal, arrêté par un défilé infranchissable, tenta de le tourner, s'éleva à la région des neiges éternelles et revint au défilé pour l'attaquer de main d'homme : le point où il fit ce travail et celui où il trouva les neiges de l'hiver précédent sont donc bien distincts, et quand il rencontra ces neiges, il n'avait pas franchi le défilé ; il cherchait à le tourner. C'est ainsi qu'on est réduit à tout confondre, parce qu'on ne peut rien expliquer.

Supposons encore que ce passage étroit et ces avalanches aient arrêté la marche d'Annibal : il n'avait alors qu'à remonter jusqu'à La Thuile, à prendre par le campement du prince Thomas et le passage de l'Arpe pour retomber sur la Doire à Morges ; c'est un passage facile, garni de pâturages, avec un bois de sapins au sommet, et par où on a conduit des canons.

Ainsi nous ne rencontrons nulle part, à la descente du Petit Saint-Bernard, les obstacles décrits par les anciens ; deux mauvais pas dont on exagère la difficulté ne pouvaient arrêter Annibal qui les eût aisément franchis, plus aisément tournés, et n'expliqueraient pas les pertes considérables que fit dans cette partie de sa marche l'armée carthaginoise.

---

[1] Velo, *Dei passagi Alpini*, 1804, p. 110, dit qu'on peut trouver cette position par des sentiers qui, à partir de l'hospice, prennent à droite ou à gauche et descendent à la Thuile, sans passer par Pont-Séran.

Polybe dit que, le troisième jour après avoir franchi le défilé, Annibal débouchait dans les plaines. Or, il y a de Pré-Saint-Didier à Ivrée 98 kilomètres, et Annibal n'aurait pu, par des chemins aussi difficiles, parcourir en trois jours une pareille distance. On a supposé, il est vrai, qu'il avait fait une partie de ces 98 kilomètres pendant les trois journées employées à ouvrir un passage pour les éléphants ; mais le texte de Polybe ne permet pas cette supposition. D'autre part, on a dit que la vallée s'ouvrait à une certaine distance d'Ivrée, et on a, assez arbitrairement, placé à Saint-Martin l'entrée des plaines ; mais Annibal aurait parcouru de Pré-Saint-Didier à Saint-Martin 27 kilomètres par jour, ce qui n'est pas possible.

Enfin, Polybe ayant dit qu'Annibal s'était avancé vers le pays des Insubres, les partisans de l'hypothèse du Petit Saint-Bernard ont cru trouver dans ce texte un argument en faveur de leur thèse. Mais si Annibal a passé par les Alpes Grées, il est descendu au pays des Salasses. Or, nous avons d'autres textes de Polybe, et il y est dit qu'Annibal n'est pas entré en Italie par le pays des Salasses, qu'il est descendu chez les Taurini et a marché de là vers le Tessin.

Et si Annibal était descendu par la vallée de la Dora Baltéa, se dirigeant vers le pays des Insubres, pour aller au plus tôt combattre les Romains, on ne comprendrait pas qu'il eût fait un assez long détour pour aller perdre du temps et des hommes à combattre les Taurini.

Telle est cette hypothèse du Petit Saint-Bernard qui, dans l'antiquité, a contre elle tous les témoignages qui font autorité, qui suppose une contradiction absolue en Polybe et Tite-Live, et qui ne peut, sur place, donner des textes de Polybe une interprétation acceptable.

Mise en avant par un Écossais, le général Melleville, qui avait parcouru les Alpes en 1775, elle a été exposée par Deluc[1] ; plusieurs fois combattue par d'excellents critiques, parmi lesquels il faut compter M. Letronne et M. Larauza, elle a toujours trouvé de nouveaux défenseurs : en Angleterre, Wickham et Cramer[2] ; en

---

[1] *Histoire du passage des Alpes par Annibal,* 1818 ; 2ᵐᵉ éd., 1825.

[2] *A Dissertation on the Passage of Hannibal over the Alps,* 1820 ; 2ᵐᵉ édition, 1828.

Allemagne, Hander[1], Wijnne[2]; en France, Larenaudière[3], M. Rossignol[4].

Annibal a-t-il remonté la vallée de l'Arc, la vallée qui conduit au Mont-Cenis ?

Les partisans de cette hypothèse ne pourront, pas plus que ceux qui font passer Annibal par le Petit Saint-Bernard, concilier Polybe et Tite-Live.

M. le colonel Perrin[5], tout occupé des questions de topographie, ne s'arrête pas à l'analyse et à la discussion des textes anciens; il ne paraît pas soupçonner la difficulté, cite Polybe et nomme à peine Tite-Live qui, dit-il, « a copié servilement Polybe ».

Larauza[6] cherche à rapprocher les deux auteurs, mais comment obtient-il une sorte de conciliation? En supposant que par le mot *Druentia* Tite-Live a désigné, non la Durance, mais le Drac; en plaçant les Tricastini sur l'Isère, en aval du Drac, et les Tricorii plus haut, dans la vallée du Graisivaudan.

Robert Ellis[7] s'appuie sur le seul témoignage de Polybe, et consacre un chapitre à la critique du récit de Tite-Live; mais il cherche en même temps à l'interpréter sur quelques points, à ne l'avoir pas absolument contre lui. Avec Larauza, il traduit *Druentia* par Drac, et place les Tricorii dans la vallée du Graisivaudan, en étendant même leur territoire jusqu'à Allevard et aux montagnes qui dominent la Maurienne.

M. Maissiat[8] déclare dès l'abord qu'il y a un désaccord complet entre les deux historiens et qu'il faut opter entre leurs récits. Après avoir pris Polybe pour seul guide, il consacre la troisième partie de

---

[1] *Der Heerzug Hannibals über die Alpen*, 1828.

[2] *Questiones criticæ de belli Punici Secundi parte priori*, 1848.

[3] Classiques latins, éd. Lemaire. Tite-Live, tome IV : *Excursus de transitu Alpium*.

[4] *Mémoires lus en 1861 dans les Séances extraordinaires des Sociétés savantes; Archéologie* (1863).

[5] *Marche d'Annibal des Pyrénées au Pô*, Paris, 1887.

[6] *Histoire critique du passage des Alpes par Annibal*, 1826.

[7] *A Treatise on Hannibal's passage of the Alps, in which his route is traced over the little Mont-Cenis*, 1853.

[8] *Annibal en Gaule*, 1874.

son ouvrage, quatre-vingts pages environ, à la critique du récit de Tite-Live, concernant l'expédition d'Annibal, et résume son appréciation en citant ces mots de Polybe : « Si de l'histoire on ôte la vérité, à quoi sert-elle? à rien ».

Si Annibal a passé par la vallée de l'Arc, où sont les différents points de sa marche?

La rivière près de laquelle il s'est arrêté après avoir, pendant quatre jours, remonté le Rhône, c'est l'Isère pour les uns, pour d'autres la Saône, pour un troisième le Guiers.

L'Ile, c'est le pays compris entre l'Isère, le Rhône et le massif de la Grande-Chartreuse; mais on la trouve aussi entre l'Isère et le Guiers; on la trouve entre le Rhône et la Saône, dans cette langue de terre où est Lyon; on la trouve entre le Rhône, la Saône et la chaîne du Jura.

Annibal remonte le Rhône pour aller passer au mont du Chat, suivant celui-ci; au mont de l'Épine, suivant tels autres; quelques-uns pensent qu'il a remonté l'Isère, d'autres qu'il a pris, entre le Rhône et l'Isère, par Vienne, Pont-de-Beauvoisin et le passage des Échelles, ou par la plaine du Grand-Lemps, la vallée de la Bourbre et Pont-de-Beauvoisin.

La *Druentia*, c'est le Drac; la *Druentia*, c'est l'Arc[1].

M. Maissiat suppose que la première attaque a eu lieu au mont de l'Épine, et que la ville prise par Annibal était Lemenc.

Suivant Larauza et Ellis, il a remonté l'Isère; mais dans la vallée de cette rivière ils ne trouvent rien qui réponde aux récits des anciens et ils s'en écartent, Ellis, pour chercher, dans la vallée qui de Goncelin et du Cheylas conduit à Allevard, l'emplacement de la première attaque; Larauza, pour placer l'entrée des Alpes à Malataverne, au sud-ouest de Chamousset, et la première attaque à l'entrée de la vallée de l'Arc, vers Aiguebelle.

Suivant M. le colonel Perrin, Annibal qui a passé par le mont de l'Épine, traverse l'Isère vers Montmélian, s'engage dans la montagne à Hauteville et à Chamoux, pour retomber sur l'Arc à Saint-Alban, est attaqué par les Gaulois à Montandry.

---

[1] Nous avons vu que, d'après les auteurs qui font passer Annibal au Grand-Saint-Bernard ou au Col de la Seigne, la *Druentia* c'est l'Arve, c'est la Drance du Chablais, c'est le Doron.

La deuxième attaque a eu lieu, d'après Ellis, à la Porte, près de Saint-Michel; d'après M. le colonel Perrin, sur la rive droite de l'Arc, entre Amodon et l'Esseillon; d'après M. Maissiat et Larauza, sur la rive gauche : pour l'un, entre Saint-André et Sollières-Envers; pour l'autre entre Thermignon et Lans-le-Bourg.

Larauza et M. Maissiat sont pour le passage du Grand Mont-Cenis; Ellis pour celui du Petit Mont-Cenis; M. le colonel Perrin suppose que, près du col du Petit Mont-Cenis, Annibal a pris à flanc de montagne pour aller au col du Clapier; enfin, Albanis Beaumont[1], renvoyant du reste « à ceux qui s'occupent de ces sortes de recherches », émet l'avis qu'Annibal aurait pu remonter par Lans-le-Bourg et Lans-le-Villard jusqu'à Bessan, et de là prendre par le val de Vice, pour descendre vers Turin par la vallée de la Sture.

Larauza, Ellis, M. Maissiat font descendre Annibal du Mont-Cenis à Suze par la vallée de la Cenise; mais, pour Larauza, c'est dès le commencement de la descente, à la plaine Saint-Nicolas, que serait le passage difficile qu'Annibal a vainement essayé de tourner; pour M. Maissiat, c'est plus bas, sur la rive droite de la Cenise, vers la Ferrière; pour Ellis, sur la rive gauche.

Ainsi, ceux qui ont été d'avis qu'Annibal a passé par la vallée de l'Arc n'ont pu, sur aucun point, se mettre d'accord; sur chaque question, chacun d'eux présente son hypothèse, à laquelle s'opposent aussitôt trois ou quatre autres solutions de même valeur; on ne sait vraiment auquel entendre; cette divergence des opinions et ces contradictions accumulées font pressentir que les lieux qu'on nous décrit ne sont pas ceux par où Annibal a passé, et on est un peu embarrassé d'avoir à exposer et à discuter tant d'opinions diverses.

M. Maissiat, prenant pour base le calcul des distances que l'armée carthaginoise aurait pu parcourir en quatre journées à partir de l'embouchure du Rhône, suppose qu'elle traverse ce fleuve au-dessus de l'embouchure de l'Ardèche, entre Bourg-Saint-Andéol et Pierrelatte. Mais il est peu probable qu'elle ait franchi l'Ardèche, et d'ailleurs, d'après Polybe et Tite-Live, le point du passage du Rhône est à

[1] *Description des Alpes Grecques et Cottiennes*, 1806. — V. Larauza, *Histoire critique du passage des Alpes par Annibal*, p. 175.

quatre journées de la mer et à quatre journées de l'Isère, c'est-à-dire à moitié chemin entre l'une et l'autre.

Nos deux historiens disent qu'ayant remonté le Rhône pendant quatre journées, Annibal arriva sur les bords de l'Isère ; M. Maissiat[1], qu'après avoir remonté le Rhône pendant sept journées, il arriva sur les bords de la Saône.

Pour lui, l'Ile serait le pays entre le Rhône et la Saône, le pays « isolé et enclavé de tous côtés par le Rhône, la Saône et la chaîne des monts Jura », c'est à-dire la Bresse et le Bas-Bugey. Et il fait remarquer, à l'appui de son opinion, qu'Annibal n'a pas pénétré dans l'Ile et qu'elle n'était pas habitée par les Allobroges.

Mais comment ce pays aurait-il été appelé l'Ile, alors qu'il n'a au nord aucune limite précise, qu'il s'étend dans le vaste bassin de la Saône entre la chaîne du Jura et les montagnes du Lyonnais et du Màconnais ?

Si l'Ile, dit M. Maissiat, était le pays compris entre le Rhône, l'Isère et le massif de la Grande-Chartreuse, elle n'aurait pas la forme d'un triangle, mais celle d'un quadrilatère. C'est vrai, Polybe ne paraît pas savoir que le Rhône change de direction vers Lyon. Mais le Jura est-il donc le troisième côté d'un triangle, et l'espace compris entre le Rhône au sud, à l'est le Jura, à l'ouest les montagnes au pied desquelles coule la Saône, forme-t-il donc un triangle, n'est-il pas un quadrilatère, et un quadrilatère sans limites au nord ?

Polybe dit que du point où Annibal traversa le Rhône au point où il entra dans les Alpes il y avait 1,400 stades, et ensuite, après avoir amené Annibal près de l'Ile, sur les bords de l'Isère, il dit que de ce point il parcourut 800 stades pour arriver à l'entrée des Alpes. Il en résulte que du point du passage du Rhône jusque sur les bords de l'Isère il y avait 600 stades.

Voilà ce que n'a pas remarqué M. Maissiat. S'il avait tenu compte de cette donnée de Polybe, il aurait eu, sur la ligne suivie par Anni-bal, un point précis, les bords de l'Isère ; il aurait déterminé plus

---

[1] M. Maissiat lit Polybe et Tite-Live dans des éditions des siècles derniers ; il lit : *ibi Arar* et ne veut pas admettre la vraie leçon *ibi Isara :* « c'est un expédient, » dit-il ; l'origine de cet expédient paraît remonter à un savant allemand du xviiime siècle, Jacques Gronovins. — De même il lit dans Polybe : Ὁ Ἄραρος, qui justifie son hypothèse.

exactement l'endroit où le Rhône a été traversé, il ne se serait pas trompé au sujet de l'Ile ; il n'aurait pas conduit Annibal à Lyon ; il n'aurait pas eu à se demander quelle était la distance parcourue par l'armée carthaginoise en une journée de marche et à interroger à ce sujet Végèce ! Annibal en quatre journées parcourut 600 stades, ce qui donne à peu près 28 kilomètres par jour.

Mais M. Maissiat s'en prend à Polybe, qui, se mettant en contradiction avec lui-même, aurait dit tantôt qu'il y avait 1,400 stades, tantôt qu'il y en avait 800, entre le point du passage du Rhône et l'entrée des Alpes. Ne sachant comme opter entre ce qu'il appelle « ces deux leçons contradictoires », dont l'une serait « une erreur de lecture des manuscrits », M. Maissiat reporte successivement ces deux distances sur la carte ; à 800 stades, il est non loin de Vienne ; à 1,400 stades, il est vers Aoste-Saint-Genis, il peut dire qu'il est vers l'entrée des Alpes, « ce qui oblige, ajoute-t-il, à rectifier la leçon de huit cents stades et à y rétablir la leçon précédente de quatorze cents stades, s'appliquant au même trajet. » Il ne s'agit pas du même trajet, et il n'y a rien à rectifier.

Annibal arrive par Novalaise, au pied de la chaîne de l'Épine, qui est occupée par les Gaulois ; il établit successivement deux campements entre Novalaise et la montagne. La nuit venue, il s'empare des positions que les Gaulois ont abandonnées, et, après avoir monté environ 570 mètres de hauteur, en partie « sur une immense corniche de rochers escarpés », puis par un terrain « hérissé d'énormes masses rocheuses », il est maître du col de l'Épine et d'un passage qui est à quelque distance au nord ; en même temps, de Novalaise, quelques troupes se sont engagées sur les pentes qui dominent le lac d'Aiguebellette et arrivent au col du Crucifix, à trois kilomètres au sud du col de l'Épine.

Voilà, pour un mouvement qui se fait pendant la nuit, de bien longues marches et bien difficiles. Les anciens disent qu'Annibal occupa les hauteurs et engagea le gros de son armée dans le défilé ; où est le défilé ? Ils disent que les Gaulois avaient eu le tort de ne pas occuper des vallons d'où ils auraient pu se jeter, par surprise, sur les Carthaginois. Ici « il eût été impossible à un si grand nombre d'Allobroges de se tenir cachés sur les rochers nus où ils durent prendre position pour dominer le chemin de la corniche. »

Si les Gaulois, comme dit M. Maissiat, s'étaient retirés à Lemenc, la distance qu'ils auraient eu à parcourir deux fois dans la nuit eût été bien longue, et ils auraient eu à descendre, puis à monter 750 mètres d'altitude.

Comment Annibal qui, avec des troupes d'élite, s'est rendu maître de la chaîne de l'Épine, Annibal qui commande les pentes par où les Gaulois peuvent y avoir accès, les laisse-t-il revenir au matin et occuper de nouveau les hauteurs? Comment les laisse-t-il « s'insinuer sur le dos de la montagne et tout le long du chemin, particulièrement au-dessus de la corniche,... attaquer de plusieurs côtés à la fois cette partie de l'armée qui monte par le chemin... et surtout l'accabler de blocs de rocher tout le long de la corniche? »

Enfin Annibal « tombe d'en haut sur les ennemis » ; pourquoi n'est-il pas « tombé d'en haut » sur eux, lorsque le matin ils revenaient de Lemenc et remontaient les pentes de la chaîne de l'Épine?

M. le colonel Perrin fait également passer Annibal par le mont de l'Épine.

Il faut rappeler ici, il faut lui opposer et opposer à M. Maissiat ce que nous avons dit au sujet de l'hypothèse du Petit Saint-Bernard : Annibal n'aurait pas passé par le pays des Tricorii, il n'aurait pas traversé la Durance, ce qu'affirme cependant Tite-Live.

Les habitants de l'Ile auraient, d'après M. le colonel Perrin, abandonné Annibal au pied du mont de l'Épine ; ils ne l'auraient donc accompagné, escorté, que dans leur propre pays, alors que leur secours lui était inutile ; ce n'est pas ce que disent nos deux historiens.

M. le colonel Perrin suppose qu'avant ce que nous appelons la première attaque (et il la place à Montandry, au delà de Montmélian) il y eut, au mont de l'Épine, « un combat meurtrier », et que les Gaulois n'ont cessé de harceler Annibal alors qu'il cotoyait les Beauges, alors qu'après avoir traversé l'Isère, il longeait la crête de Montmayeur. Tout ceci est formellement contredit par les deux auteurs anciens.

Ellis fait remarquer que Polybe compte par centaines de stades et se croit par là même autorisé à ne pas calculer trop rigoureusement les distances. Au lieu de parcourir le long de l'Isère 800 stades, ce qui le conduirait à Malataverne, vers Chamousset, il quitte la vallée du Graisivaudan, vers Goncelin, n'ayant fait que 127 ou 128 kilomètres au lieu de 148, c'est-à-dire 700 stades au lieu de 800.

Annibal aurait été attaqué au moment où il venait de s'engager

dans la vallée qui conduit à Allevard ; mais cette vallée du Fay ne
répond nullement aux données des anciens ; les Gaulois auraient eu
à occuper, non pas une situation dominante, mais les montagnes qui
sont des deux côtés de la vallée. S'il y a sur la rive gauche un rocher
qu'il a fallu couper pour établir la route, ce n'était pas un obstacle
suffisant et on pouvait passer par la rive droite ; les hauteurs qui la
commandent auraient été aisément occupées par Annibal.

Mais on se demande pourquoi Annibal a quitté la vallée de l'Isère
pour faire ce détour invraisemblable ; on se demande pourquoi il n'est
pas revenu à cette vallée, quand il a vu que les Gaulois lui fermaient
le passage. Ellis suppose qu'il y avait, dans la vallée de l'Isère, des
marais ; auraient-ils présenté autant de difficultés que les défilés où
Annibal s'engagea, auraient-ils créé des dangers aussi sérieux que
l'attaque des Gaulois ?

Ce qu'Ellis n'a pu trouver le long de l'Isère, dans cette vallée
large et ouverte, il est allé le chercher en jetant, contre toute vraisemblance, Annibal dans les gorges du Fay et du Bréda.

D'après M. le colonel Perrin, l'entrée de la vallée de l'Arc jusque
vers Aiguebelle était impraticable, et l'armée carthaginoise, qui était
établie à Hauteville, dut à Chamoux prendre par le col de Montandry, « le seul qui fut abordable ».

« Cette gorge a dû être très fréquentée jusqu'à l'occupation romaine, car c'était le chemin le plus court et le meilleur », pour passer
de Chamoux, qui est dans la vallée du Gélon, à Saint-Alban et Corbière, dans la vallée de l'Arc. — Mais il est permis de douter que ce
passage ait été jamais très fréquenté, car pour aller de Chamoux, qui
est à 320^m, à Corbière, qui est à 378^m, il faut monter au col, qui est
à 1,245^m, franchir un petit vallon, remonter au col du Grand Cucheron, 1,202^m, ou au col du Petit Cucheron, 1,236^m.

Si la gorge était très étroite à sa partie inférieure, dit M. le colonel
Perrin, « la vallée était très large et très ouverte à partir de 500^m
d'altitude. » — On cherche vainement sur la carte de l'état-major
cette partie très large et très ouverte. La vallée de Montandry a
partout des pentes fort raides ; elle est profondément encaissée entre
des crêtes dont les cotes sont 1,276, 1,320, 1,374, 1,345, 1,338^m ;
ces crêtes forment un grand cirque, un grand fer à cheval, ouvert
seulement du côté de l'ouest, et entre celles du nord et celles du sud
la distance n'est pas de plus de 2,100 mètres.

« Il fallait aborder de front le seul passage qui fut praticable. » — Est-ce bien établi ? Sait-on, d'une manière positive, quel était le cours de l'Arc, quel était l'état de la vallée entre Chamousset et Aiguebelle en l'an 218 avant notre ère ? S'il était impossible de s'y engager, ne pouvait-on tourner les positions de Montandry, en passant à droite par La Rochette et en montant par les pentes de La Table et du Pontet vers les cols du Cucheron ?

Annibal, qui était à Hauteville, s'avance jusqu'à Chamoux ; voilà les deux campements. Si, pour se rapprocher des hauteurs, il était allé camper vers Montandry, il se serait fait écraser ; mais il est difficile d'admettre qu'il ait pu de Chamoux monter, pendant la nuit, jusqu'à des crêtes qui sont si élevées, s'emparer même de la crête qui est arrière et du col du Petit Cucheron.

Si Annibal est maître des hauteurs, il descendra dans la vallée de l'Arc sans qu'il soit possible de l'inquiéter. Mais M. le colonel Perrin suppose que les Gaulois se sont emparés, le matin, du col du Grand Cucheron et de la crête de Mont Fauge, au midi de Montandry, crête « que les Carthaginois ne pouvaient garnir complètement. » Or, d'après Polybe et Tite-Live, les Gaulois, quand ils sont revenus le matin, n'ont pu réoccuper les hauteurs ; ils se sont engagés à flanc de montagne, dominés par Annibal et par une troupe d'élite.

« Les Gaulois battus, dit M. le colonel Perrin, furent rejetés dans le fond de la gorge. » Ce n'est pas ce que disent nos deux historiens ; ils ne disent pas non plus que le gros de l'armée carthaginoise montait vers des cols, mais qu'il était engagé dans un défilé.

Corbière serait la ville de ces Gaulois, la ville dont Annibal s'empara. M. le colonel Perrin dit que des hauteurs qui dominent Montandry, on pouvait descendre en trois quarts d'heure au plus à Corbière, et que, « pour des races aussi vigoureuses et aussi habituées aux montagnes, il leur fallait bien deux heures pour venir reprendre leurs postes. » N'oublions pas que la différence de niveau entre les crêtes de Montandry et Corbière est de 950 mètres.

Suivant Larauza, Annibal a quitté l'Isère, en face de Montmélian, à la Chavane, pour passer par un vallon qui se dirige vers Malataverne et Bourgneuf et vers les bords de l'Arc, non loin de son embouchure et de Chamousset. Ce vallon, ce serait l'entrée des Alpes, et, en effet, les 800 stades nous amènent à Malataverne. Mais Larauza est fort embarrassé à expliquer cette expression « l'entrée des Alpes », alors qu'on est, comme il le dit, entre deux chaînes de riantes collines.

La première attaque aurait eu lieu vers Aiguebelle. Larauza nous dit bien qu'il était possible de camper dans la vallée, mais il ne précise rien, ni au sujet de la marche d'Annibal qui a pu remonter l'Arc par les deux rives simultanément, ni au sujet des positions qu'auraient occupées les Gaulois sur le flanc des montagnes des deux côtés de la vallée ; il ne rencontre, en effet, rien qui réponde aux données topographiques des anciens et aux péripéties de la lutte engagée entre les Gaulois et les Carthaginois ; quant à la ville prise par Annibal, il se borne à dire qu'on aperçoit « des villages jetés çà et là dans ces montagnes » et que « cette ville devait être située par là ».

Cette ville, suivant Mann[1], ce serait Saint-Jean-de-Maurienne. Mais alors quel serait, à quelques kilomètres, le point où Annibal avait été attaqué par les Gaulois?

Suivant Ellis, la deuxième attaque aurait eu lieu entre Saint-Martin-de-la-Porte et Saint-Michel. Sur la rive gauche, des rochers escarpés, de grande élévation, sont battus par les eaux rapides de l'Arc et ne laissent aucun passage. Sur la rive droite, un chaînon détaché des montagnes qui séparent la Maurienne de la Tarentaise, s'avance comme un promontoire au milieu de la vallée et la coupe à angle droit. Il se termine au sud par un mamelon allongé, nommé le rocher du Point, inaccessible également, et du côté de Saint-Martin et du côté de la rivière où il s'élève à pic ; difficilement accessible du côté de Saint-Michel ; enfin, isolé du côté du nord par une coupure dans le chaînon, le Pas de la Porte. Ce mamelon du Point, c'est la position sûre occupée par Annibal, c'est le rocher blanc! Il est à la vérité d'un gris brun, et quand Ellis fait remarquer qu'on y découvre quelques traces de gypse blanc et rose, il ajoute aussitôt que ce gypse est décoloré par le temps ou recouvert par la végétation, qu'on ne peut l'apercevoir que si l'on a récemment mis à nu le rocher. Au nord du Pas de la Porte, le chaînon à pentes gazonnées monte vers la Villette et Baune, plus haut, vers le Mollard et Villar-Buttier[2], dans la direction du col des Encombres.

---

[1] Abauzit, *OEuvres diverses*, tome II, p. 178.
[2] Ellis : Villard-Putier ; État-Major Sarde : Villar Buttier.

Il ne s'agit pas de savoir si ce passage présente quelques difficultés, mais si ces difficultés sont celles qui ont été signalées par Polybe et par Tite-Live. Ils disent qu'Annibal était engagé dans un défilé dominé par une montagne aux flancs de laquelle étaient les Gaulois, qui faisaient rouler des pierres, et qu'il occupa, en dehors de leurs atteintes, une position sûre. Ici il a devant lui une ligne de hauteurs formant un vaste front. S'il ne peut passer au Pas du Roc, le long de la rivière, à l'endroit où sont aujourd'hui la route et le chemin de fer, il peut passer au Pas de la Porte, et, si le Pas de la Porte est occupé par les Gaulois, il peut prendre plus au nord, par des pentes qui sont très accessibles et couper le chaînon vers la Villette. Ellis nous montre les Gaulois occupant successivement diverses positions et refoulés par Annibal dans les montagnes au-dessus du Mollard et de Villard-Buttier, ce qui n'a aucun rapport avec les récits de nos deux historiens. Et au milieu de ces manœuvres, de ces combats sur les pentes de la montagne, à quoi lui servirait la position du Point?

Du reste, Ellis a placé cette attaque beaucoup trop loin du col par lequel Annibal a franchi les Alpes.

M. le colonel Perrin prend la traduction de Polybe, par Dom Thuillier, et y lit qu'Annibal fut attaqué « quand on fut entré dans un vallon qui, de tous côtés, était fermé par des rochers inaccessibles »; or, dit-il, « il n'y a dans toutes les Alpes que la chaîne rocheuse de l'Esseillon qui satisfasse au récit de l'historien grec, car la vallée de l'Arc est complètement fermée en travers depuis l'Aiguille de Scolette jusqu'à la Pointe de l'Échelle », et il cherche l'emplacement de la deuxième attaque, entre Modane et l'Esseillon, sur la rive droite de l'Arc.

Mais Polybe ne parle pas du tout d'un vallon fermé de tous côtés par des rochers inaccessibles; il nous montre les Carthaginois engagés dans un ravin difficile, escarpé, φάραγγά τινα δύσβατον καὶ κρημνώδη, dans un défilé creusé par les eaux, χαράδρων, et Tite-Live dit de même : « dans un passage étroit dominé d'un côté par une montagne », *in angustiorem viam et parte altera subjectam jugo insuper imminenti*

Les données topographiques des anciens sont très simples : un ravin, une montagne qui le domine, une position où l'on est à l'abri.

Et de même l'histoire du combat est très simple ; Les Carthaginois sont engagés dans un défilé, dans un ravin au pied d'une montagne ; les Gaulois qui occupent les pentes de cette montagne jettent des pierres, font rouler des rochers, et il est évident que leur position est telle qu'Annibal ne peut les attaquer, les en déloger ; il occupe, avec la moitié de ses troupes, en dehors de leurs atteintes, une position sûre ; il les repousse quand ils descendent jusqu'au ravin et viennent couper son armée ; il défend son arrière-garde menacée et il assure le passage de ses troupes.

D'après M. le colonel Perrin, les Gaulois, venus par Amodon, attaquent Annibal au moment où son arrière-garde arrive à hauteur du Bourget ; il dispose ses troupes entre l'Arc et Chatelania, sur un front de bataille qui peut avoir 800 à 1,000 mètres ; il occupe, un peu en arrière du Bourget, un rocher blanc et dénudé, d'où « il voyait, et les pentes du côté d'Amodon et tout le terrain entre le Bourget et la chaîne de l'Esseillon » ; du Bourget, le gros de l'armée carthaginoise s'avance vers Aussois ; des Gaulois sont sur la rive gauche, en amont et en aval de Villarodin, et l'infanterie légère doit garnir la rive droite pour les contenir ; les pentes qui dominent cette rive droite sont occupées par des Gaulois, qui font rouler des rochers, ce qui force les Carthaginois à descendre vers Avrieux ; ils remontent au nord de l'Esseillon, sur le plateau d'Aussois, et vont traverser l'Arc, en face de Bramans, au-dessus du confluent du ruisseau d'Ambin.

Tel aurait été ce combat, bien différent de celui qu'ont décrit les anciens. En en lisant le récit, on se demande notamment comment les Carthaginois auraient été plus à l'abri en descendant à Avrieux, et surtout ce que faisait Annibal, avec la moitié de son armée, sur son rocher près du Bourget, pendant que le reste de ses troupes et ses convois étaient engagés entre le Bourget et Aussois, comment il pouvait leur porter secours, protéger leur marche et repousser les attaques des Gaulois qui, maîtres des pentes de la montagne, dominaient la ligne suivie par les Carthaginois. On se demande enfin pourquoi Annibal ne suit pas la rive gauche de l'Arc, pourquoi il ne remonte pas la vallée par les deux rives. Il y avait, nous dit-on, des escarpements infranchissables en face d'Amodon ; mais Annibal aurait fait ce qu'il fait à Amodon « où le rocher qui porte le village est à pic et vient plonger dans l'Arc. »

Il aurait, nous dit-on, rencontré des difficultés ; auraient-elles été plus grandes que celles qu'a présentées la rive droite? Suivons un peu sa marche, en prenant quelques cotes sur la carte de l'état-major. Il est à Saint-André, 1,150ᵐ ; « il remonte la rive droite du torrent descendu du col de Chavière jusqu'à Polset, 1,809ᵐ ; puis, passant sur la rive gauche, il arriva à la Perrière, et se maintenant sur les flancs à une grande hauteur, 1,800ᵐ, il descendit à Amodon, 1,500ᵐ ; attaqué par les Gaulois, il établit son infanterie entre l'Arc, 1,083ᵐ, et le plateau de Chatelania, 1,514ᵐ ; il monte ensuite au hameau de Roche-Mol, passe sur les pentes de Roche-Pig, suit à une certaine hauteur la rive droite du ruisseau du Fond ou de Saint-Benoît, » et comme « le lit de ce torrent est très encaissé et ne peut être franchi que près d'Avrieux », il descend jusqu'à ce village, 1,100ᵐ environ ; « toute cette longue crête de l'Esseillon était terminée par une paroi verticale de rochers inaccessibles, si ce n'est un peu au-dessous du fort Marie-Christine, où existe un cône de moraine, qui permet de la franchir ; » on arriva ainsi au plateau d'Aussois, 1,500ᵐ. Mais comment les Gaulois qui occupaient toutes les pentes, qui devaient être maîtres de ce plateau, ont-ils laissé les Carthaginois gravir « ce cône de moraine », monter d'Avrieux, 1,100ᵐ, au plateau d'Aussois, 1,500ᵐ? Enfin, de ce plateau, l'armée descend « dans le lit du ruisseau de Saint-Pierre », et se rend à Bramans.

Je le demande de nouveau : la marche sur la rive gauche, par Modane et Villarodin, aurait-elle présenté d'aussi grandes difficultés? Annibal se serait-il engagé sur ces pentes de la rive droite, si tourmentées, coupées par des ravins si profonds, où les Gaulois ont tout l'avantage des positions et peuvent si aisément l'empêcher de monter au plateau d'Aussois, c'est-à-dire de sortir du cul-de-sac où il se serait enfermé?

M. Maissiat dit comme M. le colonel Perrin, c'est-à-dire comme Dom Thuillier, qu'Annibal arriva vers un « vallon qui de tous côtés était fermé par des rochers inaccessibles », et ce vallon, pour lui comme pour M. Perrin, c'est le passage que commande l'Esseillon. Mais, d'après lui, l'armée carthaginoise est sur la rive gauche et elle est échelonnée de Saint-André à Sollières-Envers, au-delà de Bramans, sur une ligne d'une vingtaine de kilomètres. Les Gaulois occupent les pentes des montagnes et s'avancent en suivant la marche des Carthaginois, jetant des pierres, faisant rouler des rochers.

Annibal s'établit, avec la moitié de son armée, sur un rocher « fort

et découvert…, sur les assises rocheuses qui bordent la rive droite de
l'Arc, vis-à-vis Sollières-Envers, dans l'étendue d'environ 2,000 mètres ».

De « cette position dominante, dit M. Maissiat, … le regard d'Annibal embrasse toute l'étendue du désordre ; » il « veille » sur le
passage de ses convois ; « les fait défiler sous ses yeux ». En réalité,
Annibal ne pouvait voir que ce qui était au plus près, il ne pouvait
voir ce qui se passait dans les endroits les plus difficiles, notamment
au passage du Nant, en face de l'Esseillon ; et si, en prenant position
sur la rive droite, il s'est mis en sûreté, il s'est mis aussi dans l'impossibilité de protéger la marche des siens, de leur porter secours,
de repousser les Gaulois sur les points où ils sont descendus pour
couper la marche de son armée.

Mais, dit M. Maissiat, Bramans est non loin, Bramans dont le nom
évoque « un souvenir de cris de détresse et d'alarme » ; à l'endroit où
s'était établi Annibal est une chapelle de Notre-Dame-de-Pitié, et il
y était entre deux ruisseaux qui, « par la plus amère et la plus gauloise des ironies », s'appellent les ruisseaux de Bonne-Nuit !

Suivant Larauza, la deuxième attaque a eu lieu entre Thermignon
et Lans-le-Bourg, à l'endroit où la vallée est plus resserrée, où il y a
sur la rive gauche des escarpements rocheux ; au-dessus de ces escarpements serait le rocher blanc, la position où l'on peut être à l'abri
des attaques.

Mais les Gaulois auraient occupé, à droite et à gauche, les grandes
pentes continues qui dominent la rivière et ces escarpements rocheux ;
Annibal se serait engagé des deux côtés pour les combattre et faire
passer son armée, ce qui est contraire au récit des historiens anciens,
et la position qu'il aurait prise au-dessus des escarpements de la rive
gauche, dominée par de longues pentes, n'aurait pas été une position sûre.

Larauza et M. Maissiat supposent qu'Annibal a remonté la vallée
de l'Arc jusqu'à Lans-le-Bourg et passé le Mont-Cenis ; Ellis le fait
passer par le Petit Mont-Cenis, c'est-à-dire par un col plus élevé et
de plus difficile accès, où le sentier est tantôt taillé en corniche,
tantôt supporté par des murs de soutènement.

Les uns et les autres font camper Annibal sur le plateau du Mont-
Cenis, aux bords du lac, et disent qu'il n'est pas impossible, en

s'élevant quelque peu, d'entrevoir, par quelque échappée, les montagnes qui s'abaissent vers l'est et la vallée qui conduit vers les plaines. La possibilité de répondre sur ce point aux données des anciens est un des grands arguments des partisans du Mont-Cenis.

On pourrait de Corna-Rossa, dit Larauza, avoir cette vue. C'est du col même, en se portant un peu à droite ou un peu à gauche, que M. Maissiat croit apercevoir les plaines du Pô et la direction de Rome, et, après avoir cité Polybe : « ce texte, dit-il, est décisif dans la question du véritable itinéraire d'Annibal. En conséquence, nécessairement c'est par le col du Mont-Cenis qu'Annibal a franchi la ligne de faîte des Alpes. » M. le colonel Perrin donnera la même importance à ce texte de nos auteurs et démontrera que c'est nécessairement par le col du Clapier qu'Annibal est entré en Italie.

Sur les bords du lac du Mont-Cenis, il y a quelques mamelons boisés, et la forêt qui domine Lans-le-Bourg s'élève jusqu'à la hauteur du col (2,055ᵐ) et même jusqu'à 2,200ᵐ. Nous n'atteignons pas cette région dépourvue d'arbres dont parle Polybe et aussi ne trouverons-nous pas, sous la neige nouvelle, les neiges persistantes.

Suivant Larauza, la première partie de la descente de la Grand-Croix à la plaine Saint-Nicolas et à la Ferrière serait « le chemin rapide, étroit, bordé de précipices », dont parlent nos historiens. Quant aux 270 ou 300 mètres, on doit les prendre, non comme la mesure d'un obstacle rocheux qu'il faudra attaquer de main d'homme, mais, avec Tite-Live, comme la mesure de la profondeur du précipice[1] ; il pouvait, du reste, y avoir des éboulements et des avalanches, et pour les éviter Annibal « sera descendu jusqu'au fond de la gorge où coule la Cenise, près des bords du torrent, où il aura trouvé, sous la neige tombée récemment, cette ancienne neige qui s'était conservée depuis l'hiver précédent ». Ou bien « ne pourrait-on pas supposer, avec M. Letronne[2], que cette vieille neige que les Carthaginois ou Polybe crurent être de l'hiver précédent, était tout simplement de la neige tombée quelques semaines auparavant et qui avait eu le temps de prendre beaucoup de consistance par les alternatives des temps doux de la journée et des gelées de la nuit ? »

[1] Et ce sens, dit Larauza, nous paraît sortir naturellement du texte de Polybe.
[2] *Journal des Savants*, 1819, p. 757, 758.

M. Maissiat cherche vainement de la plaine Saint-Nicolas à la Ferrière et à la Novalèse quelque chose qui réponde aux données de
Polybe et de Tite-Live. Il invoque l'*Itinerarium belgico-gallicum*
(1631), qui, à la suite d'une description emphatique, dit que descendre jusqu'à la Novalèse ces pentes de rochers est un vrai travail
d'hercule : *nec hic quies erat usque dum herculeis laboribus declive
hoc saxetum ad pagum Novalesiam continuaremus ;* ce que M. Maissiat traduit ainsi : « Si un travail d'hercule n'eût ouvert là, dans un
endroit rocheux, un chemin qui nous permit de pousser jusqu'à mille
pas plus loin au bourg de Novalèse. » Et il ajoute : « Est-il possible
de rencontrer un accord plus complet, plus précis, entre l'itinéraire
d'Annibal à la descente des Alpes, décrit par Polybe, et cet itinéraire
de notre auteur allemand à la descente du Mont-Cenis ?... l'identité
du lieu indiqué de part et d'autre est claire et certaine... »

Lorsque Polybe, dans les termes les plus précis, dit qu'Annibal,
rencontrant un obstacle qu'il ne pouvait franchir, essaya de le tourner, mais en fût empêché par la neige qui venait de tomber et par la
neige de l'hiver précédent, et qu'il dut renoncer à son projet,
M. Maissiat, laissant de côté le texte, transcrit la traduction de dom
Thuillier ; « La première pensée qui vint à Annibal fut d'éviter le défilé
par quelque détour ; mais la neige ne lui permit pas d'en sortir. Il y
fut arrêté... »

Ainsi, de la tentative que fit Annibal pour tourner la barricade,
pas un mot ; et, comme on ne trouve pas la neige des hivers précédents, il est entendu que Polybe s'est trompé, et il s'est trompé parce
qu'il a voulu faire parade d'une vaine science : « L'explication pré-
sentée par Polybe ne me semble pas pouvoir supporter l'épreuve de
la critique. Il ne s'agit pas d'une explication générale et scientifique
des phénomènes que présente la neige sur les hauts sommets des
Alpes ; explication sur laquelle il ne conviendrait point d'être sévère,
vu l'état des sciences physiques à l'époque où Polybe écrivait. Reconnaissons donc, nonobstant ce texte, que sur le chemin suivi par
Annibal à la descente des Alpes, il existait seulement de la neige nou-
vellement tombée. »

Ellis, qui prend plaisir aux difficultés, qui a supposé qu'Annibal
avait quitté la vallée de l'Isère pour s'engager dans les gorges du Fay
et du Bréda, qu'il avait passé par le Petit Mont-Cenis, a ici l'idée la
plus invraisemblable, la plus étrange : Annibal aurait passé la Cenise

vers la Ferrière, aurait suivi la rive gauche, aurait trouvé un passage où le sentier était emporté sur près de 300 mètres, puis les neiges des avalanches; aurait campé, aurait réparé le sentier et serait descendu à la Novalèse.

Sur la rive gauche, prodigieusement escarpée au-dessus de l'abîme où est la Cenise, se trouve une espèce de sentier, étroit, extrêmement dangereux, qui tantôt descend rapidement, tantôt remonte pour franchir des rochers abrupts; il est interrompu, il se perd; pour le retrouver, il faut couper, à une assez grande hauteur, le couloir de l'avalanche de Saint–Pancrace; il descend ensuite rapidement en lacets jusqu'à l'angle que font la Cenise et le couloir de l'avalanche du Rimalle; plus loin, on aura à couper la ligne des avalanches de Roche–Melon.

Busching, dit Ellis, faisait certainement allusion à ce chemin de la rive gauche, lorsqu'il disait qu'avant les travaux exécutés par ordre d'Emmanuel III, la descente présentait des passages dangereux et n'avait parfois qu'un pied de large. Mais Busching parlait tout simplement du mauvais état où était le chemin connu, fréquenté, celui de la rive droite, avant qu'il fût réparé par Emmanuel III.

Ellis dit que les gens du pays font encore usage de ce chemin de la rive gauche[1]. Il faut s'entendre : on m'adjura de ne point essayer d'y passer; le syndic de la Ferrière me représenta que le danger serait extrême; il consentit cependant à m'indiquer un jeune homme qui voulut bien me servir de guide; nous nous engageâmes dans les rochers et les broussailles, au-dessus des abîmes de la Cenise, nous

---

[1] M. le colonel Perrin (*Marche d'Annibal des Pyrénées au Pô*) dit, p. 168 : « à Ferrières... en suivant la rive gauche de la Cenise, *un joli chemin*, qu'on appelle le chemin de Saint-Pancrace, descend à Novalaise... toute *la route* de Saint Pancrace est bordée d'arbres et de champs cultivés ; si la route n'y est pas passée, c'est qu'elle a à craindre les avalanches et que les neiges y restent longtemps », et de même, p. 71 : « *une route* suit la moraine si facile et à pentes si régulières qui aboutit à Novalaise ». Je ne sais où M. Perrin a pris ses renseignements. Il dit, p. 71, qu'à la plaine Saint-Nicolas, Annibal pouvait « à son choix et sans être arrêté un seul instant suivre soit la rive droite, soit la rive gauche », et de même, p. 168. Il n'y a pas de chemins, il n'y a pas de routes sur la rive gauche, et il n'y en a jamais eu dans ces escarpements et à travers ces couloirs d'avalanches ; il y a, à différentes hauteurs, des sentiers, de mauvais sentiers, et qui ont tous des parties dangereuses. Les cartes les indiquent, mais il faut les avoir suivis pour savoir ce qu'ils sont.

soutenant parfois avec les mains, et ce n'est pas sans courir quelque danger que nous avons franchi les couloirs de rochers polis où passent les avalanches.

Mais comment expliquer cette folle tentative d'Annibal, quand la rive droite lui offre plus d'un passage naturel, relativement très facile, quand il peut descendre, soit par la ligne de l'ancienne route, sur le mamelon de Biolay qui domine la Cenise, soit par les roches d'Enfer et la combe du Rocher, soit au-dessus des rochers d'Enfer et par le Bois-du-Faux.

Et rencontrera-t-on, en suivant Ellis, quelque chose qui réponde aux données des anciens. Peut-il nous montrer l'endroit où Annibal campa[1] pendant qu'on attaquait de main d'homme le rocher qui faisait obstacle, les passages par où il avait essayé de tourner, les neiges des hivers précédents qui le forcèrent à renoncer à cette tentative? Mais rien, absolument rien. Les grandes avalanches qui descendent de Saint-Pancrace, du Rimalle, descendent, l'une en avril, l'autre en mars, remplissent momentanément le lit de la Cenise, où on voit leurs neiges jusqu'en juin. Inutile de dire qu'il n'en reste pas dans les couloirs rocheux, dont la pente est trop raide.

Comprend-on qu'Annibal, suivi de ses soldats, de sa cavalerie, de ses bêtes de somme, de ses éléphants, se fût engagé dans ces pentes effroyables et ces couloirs d'avalanches, se livrant ainsi à des fantaisies à peine pardonnables chez un touriste?

Les excentricités n'étonnent pas Ellis. Ne dit-il pas que César, se rendant en Gaule pour combattre les Helvètes, a passé, comme Annibal, par le Petit Mont-Cenis, qu'il a quitté la vallée de l'Arc pour aller, par le col de Glandon, dans la combe d'Olle, et de là rejoindre, par le col de la Coche, la vallée de l'Isère? Le César de Robert Ellis est un alpiniste aussi fantaisiste et aussi étonnant que son Annibal.

Suivant M. le colonel Perrin, Annibal s'est engagé dans la vallée d'Ambin, est monté par les lacets du Petit Mont-Cenis, « qui étaient exactement à cette époque ce qu'ils sont aujourd'hui » (comment le sait-on?). Au dernier lacet, 100 mètres au-dessous du col, il a pris

---

[1] Ellis dit qu'Annibal campa entre la Cenise et un ruisseau ou couloir à l'est ; mais il n'y a là que des escarpements abrupts.

à droite, « sur une corniche rocheuse assez large, nullement dangereuse », est arrivé ainsi au col du Clapier (2.500^m); d'un point, à
300 mètres à droite, on aperçoit la belle vallée de la Doire, les plaines
du Pô et Turin.

« Certes, dit M. le colonel Perrin[1], si Polybe ne nous eût pas
dit que, du haut des Alpes, le général carthaginois avait montré
l'Italie à ses soldats, il nous aurait été complètement impossible
de déterminer sa marche ; mais ce renseignement si précis est le
phare lumineux qui a guidé nos recherches et fixé toutes nos indécisions. »

Annibal reste deux jours campé dans le haut du vallon de Savine.
Y avait-il dans ce vallon l'espace suffisant pour un campement ?

A la descente vers l'Italie les pentes étaient fort raides, et, comme
la neige venait de tomber, elles ne laissaient pas de présenter certain
danger. Le passage infranchissable décrit par les anciens serait vers
la cote 1,800^m, c'est-à-dire environ 700 mètres au-dessous du col.
Après avoir traversé un petit plateau, on trouve « un clapier effrayant
de 200 mètres de hauteur ; c'est bien le défilé d'un stade et demi de
Polybe... un sentier très étroit longe la paroi de gneiss écroulée. »
Annibal fait camper sur ce plateau, après avoir fait enlever la neige ;
« or, pour enlever assez complètement la neige pour y établir un campement, il fallait pouvoir la balayer, ce que permettaient les noisetiers
et les hêtres qui croissent dans le clapier et qui sont propres à cet
usage ». Et si l'on essayait de descendre à droite, dans le lit du
ruisseau, on y trouvait, sous la neige nouvelle, les neiges durcies.

Ainsi on nous dit que, dans les pentes du clapier, il y a un point
où la pente est plus raide, cela sur une hauteur d'environ 200 mètres ;
mais nous ne voyons pas cet escarpement de rochers et d'éboulement
de 270 mètres de longueur, qui barre la vallée, et au pied l'abîme ;
nous ne voyons pas Annibal essayer de tourner un obstacle infranchissable, περιελθεῖν τὰς δυσχωρίας, même en faisant un long détour,
quamvis longo ambitu ; il essaie seulement de descendre sur les neiges
anciennes qui sont près de lui dans le lit du ruisseau ; nous ne voyons
pas de vastes pentes garnies de neiges anciennes, mais seulement,
dans le lit du ruisseau, quelques restes des avalanches ; d'après

---

[1] Pag. 73, 74.

Polybe et Tite-Live, après cette tentative infructueuse, Annibal redescend vers l'obstacle qu'il faudra attaquer de main d'homme et
campe ; ici il campe au-dessus de l'endroit où il a trouvé des neiges
anciennes. Enfin, nous ne sommes pas dans ces hautes régions des
Alpes que nous montrent les anciens, et à la cote 1,800ᵐ, nous nous
trouvons au milieu de la végétation.

Ainsi les partisans de l'hypothèse du Mont-Cenis ne peuvent donner
des textes de nos deux historiens une interprétation quelque peu acceptable, et si, en général, ils sont portés à sacrifier Tite-Live à
Polybe, ils sont réduits parfois à accuser Polybe lui-même d'inexactitude. Ils cherchent vainement, ils ne rencontrent nulle part des
lieux qui répondent aux données des anciens, et l'impossibilité où ils
sont de mettre d'accord, sur chaque point, des contradictions qui dé-
concertent l'esprit, montrent assez que leur hypothèse est en dehors
du vrai.

D'Auville, Gibbon ont supposé qu'Annibal avait passé par le
mont Genèvre et par la vallée de la Dora Riparia, et telle est aussi
l'opinion de M. Letronne qui, en 1819, publia dans le *Journal des
Savants* un examen critique de l'ouvrage de Deluc, intitulé *Histoire
du passage des Alpes par Annibal* et une réponse à une lettre de
Deluc.

M. Letronne s'éleva contre ceux qui veulent voir entre les données
de Polybe et celles de Tite-Live une contradiction absolue, et montra
que, pour étudier la marche d'Annibal, il fallait invoquer les témoignages des deux historiens en s'appliquant à les concilier ; il fixa la
situation de l'Ile, fit remarquer que rien n'autorisait à affirmer qu'Annibal y avait pénétré et que l'on ne pouvait savoir quelles étaient, au
temps d'Annibal, les limites du territoire des Allobroges ; il établit
que les expressions de Polybe relatives à une marche le long du fleuve
ne pouvaient être prises dans leur sens littéral et indiquaient une
direction générale, et d'autre part que, dans l'énumération des
passages des Alpes par Polybe, les mots : ἣν Ἀννίβας διῆλθεν, sont
de Polybe, et non de Strabon, comme le voulait Deluc ; il ramena à
leur vrai sens et à leur vraie valeur les témoignages de Huitprand et
de Paul Jove, sur lesquels les partisans du Petit Saint-Bernard
croyaient pouvoir s'appuyer ; quant à l'existence, près de Pont-de-
Beauvoisin, d'une localité nommée Passage, quant au fameux bou-

clier d'Annibal, trouvé dans les environs, et qui n'est qu'un de ces plats ou plateaux qui ornaient les buffets des riches : « dans l'état actuel de la critique, dit M. Letronne, ce n'est point sur de pareils faits, ou faux, ou mal interprétés, ou soumis à une multitude de chances d'incertitudes et d'erreurs, qu'il convient de s'en reposer pour une question de la nature de celle-ci. »

Il semble que, grâce à l'intervention d'un savant, d'un critique tel que M. Letronne, un certain nombre de points était désormais acquis. Et cependant combien d'erreurs, signalées par lui, ont été depuis reproduites, et ne voyons-nous pas, jusqu'à une date récente, invoquer, comme un argument, la découverte du fameux bouclier ?

L'opinion que présentait M. Letronne, au sujet de la marche d'Annibal, n'avait pas la même valeur que ses observations critiques, et demeure très contestable.

Suivant lui, Annibal remonta d'abord l'Isère jusqu'au confluent du Drac ; là, il aurait pris sur sa droite, et si Tite-Live dit sur sa gauche, *ad lævam*, c'est, en effet, à la gauche par rapport à Tite-Live, par rapport à Rome ; Annibal serait arrivé à l'entrée des Alpes, vers Saint-Bonnet, aurait atteint la Durance, vers Embrun, l'aurait passée trois fois. Quant au caractère que présente cette rivière : « Tite-Live en cet endroit, dit M. Letronne, se livre à quelques exagérations. » Enfin λευκόπετρον signifierait, non pas roche blanche, mais roche nue, escarpée, et ce que disent les deux historiens anciens de la neige des hivers précédents, ne serait que le résultat d'une erreur des Carthaginois qui prirent pour de la neige de l'hiver précédent une neige tombée quelques semaines auparavant.

M. Letronne n'a donné qu'une sorte d'esquisse ; il s'est borné, sans entrer dans les détails, à indiquer une solution qui semble avoir l'avantage de concilier les récits de Polybe et de Tite-Live. Il n'est pas allé dans les Alpes et il ne se croit pas obligé de déterminer, d'une manière précise, les lieux où Annibal a été attaqué et ceux où les difficultés de la descente lui ont fait courir de si sérieux dangers.

Ces difficultés, on les a cherchées au pas de la Coche ; mais on n'y trouve rien qui réponde aux récits des anciens. Annibal, disent-ils, avant d'arriver à l'obstacle qui barrait la vallée, était engagé sur des pentes rapides longeant des ravins profonds et dangereux ; ici, nous allons au milieu de prairies en pente douce jusqu'à la Chapelle Saint-Gervais, au-dessus de la Coche. Puis, au lieu d'un passage de

270 mètres le long d'un abîme, nous trouvons une descente d'un kilomètre environ dans les rochers, puis deux kilomètres à parcourir
dans un ravin où la Doire est profondément encaissée.

Faire passer Annibal par le mont Genèvre et la vallée de la Doire,
c'est ne tenir aucun compte de données très précises des historiens
anciens ; Annibal aurait remonté la Durance ; Tite-Live et Ammien
Marcellin disent qu'il l'a seulement traversée ; nulle part, entre Savines et Briançon, elle ne présente les caractères signalés par Tite-
Live ; au mont Genèvre, entouré de toutes parts de hautes montagnes,
Annibal n'aurait pu dire à ses soldats qu'on apercevait l'Italie ; on
était au milieu de prairies et de forêts, ce qui est contraire au témoignage formel de Polybe ; et, ne dépassant pas la région moyenne des
Alpes, on ne pouvait y trouver, ni au col, ni à la descente sur l'Italie,
les neiges de l'hiver précédent.

La plupart des partisans de l'hypothèse du Mont-Genèvre ont
pensé qu'au lieu de suivre la vallée de la Dora Riparia, Annibal
avait, de Césanne, pris par le col de Sestrières pour entrer en Italie
par le Val de Pragelas, par la vallée du Chisone. Telle est l'opinion
du chevalier de Folard[1], du général Frédéric-Guillaume de Vaudoncourt[2], du comte Fortia d'Urban[3], de M. le lieutenant-colonel
Hennebert, et cette opinion est contraire aux témoignages de Polybe
et Tite-Live, desquels il résulte manifestement qu'Annibal n'a pas,
pour franchir les Alpes, passé deux cols.

Par où Annibal est-il allé des bords du Rhône aux bords de la Durance? A cette question, les quatre auteurs que nous venons de citer
donnent quatre solutions : il a passé par la vallée de la Romanche,
ou par la vallée du Drac, ou par la vallée de la Drôme, ou par la vallée
de l'Aygues.

Suivant le chevalier de Folard, Annibal a quitté la vallée de l'Isère
vers Grenoble, est allé à Briançon par le Mont-de-Lans, où il y
eut un premier combat « contre ceux du pays », et par le col du
Lautaret.

---

[1] *Histoire de Polybe, traduction par Dom Thuillier, avec les annotations du Chevalier
de Folard, mestre de camp,* 1727.

[2] *Histoire des campagnes d'Annibal en Italie,* par le général Frédéric Guillaume,
Milan, 1812.

[3] *Dissertation sur le passage du Rhône et des Alpes par Annibal,* 3me éd., 1821.

Mais, si Annibal a remonté la vallée de la Romanche, il n'aurait pas, comme le disent Tite-Live et Ammien Marcellin, passé par le pays des Tricorii. La vallée de la Romanche aurait présenté des difficultés considérables ; on peut même affirmer que, pour une armée, elle eût été impraticable. Enfin, Annibal aurait franchi trois grands cols, le col du Lautaret, le col de Mont-Genèvre et le col de Sestrières ; du col du Lautaret, 2,075 mètres, il serait descendu à Briançon, 1,207 mètres, pour remonter au Mont-Genèvre, 1,854 mètres ; il aurait descendu plus de 850 mètres pour en remonter 650, et nous le verrons l'instant d'après descendre du Mont-Genèvre à Césanne, pour remonter de Césanne au col de Sestrières.

Le général de Vaudoncourt ne peut admettre qu'Annibal ait passé par la vallée de la Romanche ; suivant lui, l'armée carthaginoise est allée de Valence, par Chabeuil, à Aouste, a suivi la vallée de la Drôme, est arrivée sur les bords de la Durance à Tallard ; elle avait ainsi parcouru les 800 stades de Polybe et se trouvait à l'entrée des Alpes.

De Tallard, Annibal remonte la Durance ; mais les escarpements qui dominent la rivière, vers Remollon, sont occupés par les Gaulois qui, la nuit, se retirent « dans une ville voisine » ; Annibal s'empare des hauteurs, et les Gaulois descendant par la vallée de la Vence (de l'Avance), l'attaquent subitement et coupent son armée. Il les repousse et s'empare de Chorges, qui était leur chef-lieu.

Ainsi il y a d'une part la ville principale, d'autre part, la ville où se retiraient la nuit ceux qui ont attaqué Annibal, ville dont on ne fait pas connaître la situation.

Le combat a lieu dans des conditions qui ne sont nullement celles qu'indiquent les auteurs anciens ; il se réduit à une tentative que font les Gaulois pour couper l'armée carthaginoise au passage de l'Avance ; de Vaudoncourt ne nous montre pas les campements successifs d'Annibal, les Gaulois engagés à flanc de montagne, faisant rouler les pierres pour précipiter les Carthaginois dans les abîmes ; il ne nous fait pas assister aux péripéties de cette grande lutte ; si l'abîme n'était autre que le lit de la Durance, comment Tite-Live ne l'a-t-il pas dit, et comment dit-il, au contraire, qu'Annibal ne fut attaqué qu'après avoir passé la Durance ?

Suivant le comte Fortia d'Urban, l'Ile serait comprise entre l'Aygues et la Mayne qui passe à Orange. Il ne faut pas, dit-il, comme le fait Polybe, la comparer, pour l'étendue, au delta du Nil; Tite-Live est dans le vrai, quand il dit *aliquantum agri,* peut-être même *aliquantulum.*

Annibal a laissé à sa gauche le pays des Tricastins (c'est ainsi que Fortia d'Urban traduit *ad lævam in Tricastinos flexit*); se portant vers l'orient, il a remonté, non pas la vallée du Rhône, comme le disent Polybe et Tite-Live, mais la vallée de l'Aygues.

Il n'a pas marché quatre jours de suite, ἑξῆς, mais il a, pendant quatre jours successivement, ἑξῆς, mis en marche les différentes parties de son armée.

Il n'y a pas à tenir compte de l'indication des distances parcourues le long du Rhône; « tous ces calculs ne sont qu'approximatifs et ne peuvent servir de base à un raisonnement rigoureux ». Si Polybe dit qu'Annibal parcourut d'abord 600 stades en remontant le Rhône, puis 800 stades du Rhône à l'entrée des Alpes, Fortia d'Urban lui fait parcourir d'abord 800 stades des bords du Rhône à Mons Séleucus, la Bâtie Mont-Saléon, puis 600 stades de ce point à Briançon.

C'est ainsi que Fortia d'Urban, après avoir annoncé l'intention de concilier Polybe et Tite-Live, ne cesse de les accuser d'inexactitude.

De la vallée de l'Aygues Annibal aurait, par celle du Buech, atteint le pays des Tricorii, puis il aurait traversé trois fois la Durance (à Tama, au-dessous et au-dessus de Briançon).

De Vaudoncourt et Fortia d'Urban supposent qu'Annibal a remonté la Durance à partir de Tallard; mais de Folard l'amène directement de Grenoble à Briançon par les vallées de la Romanche et de la Guisane; et la Durance à Briançon ne ressemblant nullement à la Durance telle que l'a décrite Tite-Live, il n'hésite pas à l'accuser d'inexactitude : « la Durance, dit-il, n'est qu'un fort petit ruisseau », et Tite-Live a fait « une grande et impétueuse rivière d'un filet d'eau »; c'est un de ces « contes de vieilles dont il a parsemé son histoire ».

Du reste, le « mestre de camp » n'accepte pas plus l'autorité de Polybe que celle de Tite-Live, et au sujet des 800 stades, il écrit : « ces 800 stades, sans qu'il soit besoin d'évoquer l'ombre de Polybe pour nous tirer d'embarras, seront une imagination, une faute des copistes, dont mon auteur se moquerait, s'il mettait la tête hors de son tombeau ».

Tout autre est le langage du général de Vaudoncourt, et ce n'est pas sans quelque plaisir qu'on lit ce qu'il a écrit [1] au sujet de Polybe et de Tite-Live, quelques années avant la publication des deux mémoires de M. Letronne : « j'ai tâché d'accorder mes deux guides, ou, pour mieux dire, j'ai cherché à prouver qu'ils ne s'écartaient pas l'un de l'autre quand au fond. Le Grec écrivit laconiquement tout ce qui ne tient ni à la tactique ni à la stratégie,... et comme il travailla sous les yeux des Scipions, et qu'il était presque contemporain, il dut se servir de matériaux très exacts. Aussi, je l'ai suivi religieusement dans toutes les narrations militaires. Cependant la concision qu'il s'était prescrite, ne lui permit pas de rapporter toutes les circonstances intermédiaires qui servent à la liaison des faits... les commentateurs, qu'on me permette de le dire, plus attachés à la lettre qu'au sens de leur auteur, nièrent tout ce qu'il n'avait pas dit, et plutôt que de chercher dans Tite-Live les moyens de remplir les lacunes que l'auteur grec avait volontairement laissées, chacun taxa le latin de mensonge et d'ignorance. Tite-Live cependant a non seulement puisé ses matériaux dans Polybe, mais il avait sous les yeux Cincius Alimentus, Cœlius et les Archives de la République. Quand un auteur, extrêmement concis, et un autre plus diffus, ont écrit sur le même objet, si le dernier fait mention d'un fait que l'autre ne nie pas, et qui ne soit pas contradictoire au fonds du récit, je crois que le parti le plus raisonnable est celui de conserver ce fait et de le lier à la chaîne des autres. C'est ce que j'ai tâché de faire, et on verra, dans cette histoire, combien, au moins selon moi, les deux historiens sont d'accord. »

Au sujet de la marche entre Briançon et les plaines du Pô, de Folard, de Vaudoncourt, Fortia d'Urban sont d'accord : du Mont-Genèvre Annibal est descendu jusqu'à Césanne ; il a quitté la vallée de la Doire pour se diriger vers le col de Sestrières ; a été attaqué (par les Allobroges, dit de Folard) alors qu'il montait vers le col ; il s'est tenu ensuite à flanc de montagne jusque vers le col de Fenestre $(2,214^m)$; a campé vers Balbottet d'où il montrait à ses soldats les plaines et la direction de Rome ; a été arrêté en descendant vers Fénestrelles, par un défilé, et cherchant à l'éviter, il a trouvé sous la neige nouvelle la neige de l'hiver précédent.

Pag. xviii et suiv. de l'*Avant-propos*.

Qu'Annibal ait descendu de Mont-Genèvre à Césanne 500ᵐ d'élévation pour en remonter immédiatement 700, le col de Sestrières
étant à 2,069ᵐ, et qu'il ait ensuite fait une étonnante pérégrination
du col de Sestrières au col de Fenestre, de Folard et Fortia d'Urban
trouvent cela tout naturel : il faut amener Annibal à Balbottet pour
qu'il puisse montrer les plaines à ses soldats.

De Vaudoncourt, reconnaissant qu'il y a là quelque chose d'invraisemblable, cherche une explication ; si Annibal a quitté la vallée
de la Doire, est allé vers le col de Sestrières, « il faut croire, dit-il,
qu'il fut trompé par ses guides qui voulaient l'attirer dans une embuscade, » et si du col de Sestrières il s'est dirigé vers le col de
Fenestre, c'est qu'il craignait de s'engager dans les défilés du val de
Pragelas et de tomber dans une nouvelle embuscade.

Des trois ouvrages que nous avons en ce moment sous les yeux,
aucun ne présente une étude quelque peu détaillée de la deuxième
attaque ; aucun même ne désigne le point qu'aurait occupé Annibal
pour être en sûreté et protéger la marche de son armée.

De même, aucune étude des difficultés que présenta la descente ;
quelques mots vagues au sujet d'un défilé ; mais où était-il, où était
l'obstacle infranchissable d'un stade et demi, par où a-t-on essayé de
le tourner, où a-t-on trouvé les neiges de l'hiver précédent ?

Ce que j'ai dit du col de Mont-Genèvre, il faut le dire du col de
Sestrières ; jusqu'à l'arête du col, on est au milieu des cultures, et
l'on voit près de soi les sapins et les mélèzes ; on ne s'est pas élevé à
cette région nue, dépourvue de végétation, dont parlent les anciens ;
et l'on chercherait vainement vers Fénestrelles les neiges des hivers
précédents.

J'ai cité plus haut les pages de l'*Histoire d'Annibal,* où M. Hennebert expose l'idée dominante de la méthode qu'il suit au nom de
ce qu'il appelle « la raison militaire ». Voyons comment il applique
cette méthode.

Qu'Annibal, alors qu'il était à Carthagène, se soit renseigné sur les
pays qu'il aurait à traverser, sur les difficultés qu'il rencontrerait,
sur les dispositions des populations, qu'il ait été sur les bords du
Rhône plus exactement informé par Magilus, venu à sa rencontre,
c'est ce que nous savons par Polybe et par Tite-Live.

Ce que nous apprenons par M. Hennebert, c'est qu'il avait « des

Ingénieurs, des officiers du service topographique, » chargés de lever la carte du pays ; qu'il avait par eux « des données topographiques extrêmement précises », que, grâce à eux, il avait « des cartes des Alpes, des itinéraires, des notes hydrographiques » ; que, par des rapports spéciaux, ils lui faisaient connaître l'orographie et l'hydrographie des Alpes, et leur constitution géologique, et la hauteur de tous les cols, et les populations qui habitaient les Alpes, et la faune et la flore, et l'importance des passages au point de vue militaire ;... et ces rapports, M. Hennebert les transcrit : « Le rapport des officiers topographes peut se résumer ainsi qu'il suit pour nos lecteurs : » ... « Ces appréciations couvraient « la dernière page du mémoire placé sous les yeux du général en chef, à son quartier général. » ... « Annibal lut attentivement les mémoires descriptifs de ces ingénieurs militaires [1] ».

Or, ces rapports des Ingénieurs, ces mémoires des officiers topographes, c'est à peu près le dernier mot de nos connaissances actuelles, ce sont des pages et des pages des cours de l'École militaire de Saint-Cyr et des cours de l'École de Fontainebleau !

Ainsi renseigné, Annibal a arrêté « la directrice de marche », et rien ne l'en fera dévier. « La présence de Scipion aux bouches du Rhône n'était pas un incident de nature à introduire une variante dans son itinéraire [2] ». Ceci peut nous étonner, mais « la raggion di guerra immutabile ! »

M. Hennebert détermine cette « directrice de marche », à l'aide de « sept éléments de la ligne d'opération [3] » :

1. *per Tricastinos ;*
2. πρὸς νῆσον, *ad Insulam ;*

---

[1] Ier vol. p. 357, 358 ; IIme vol., p. 73, 77. 114, 182. — M. Roman (*La Traversée des Alpes par Annibal*, dans le *Bulletin de la Société d'études des Hautes-Alpes,* 1894), cite ce passage : « Trois espèces de froment attirèrent surtout l'attention des agents d'Annibal : c'était le *siligo*, l'*arnica* et le *blé de maïs*. Ils en admiraient le poids extraordinaire et apprenaient, non sans plaisir, que les farines une fois blutées donnaient aux habitants un pain délicieux. » — « Est-il sérieux, je le demande, dit M. Roman, de transformer Annibal en un chef d'État-Major moderne, sur le bureau duquel s'entassent les rapports des intendants et les paperasseries administratives ? »

[2] IIme vol., p. 77. Cf. Ier vol., p. 455.

[3] *Ib.*, p. 85.

3. *per extremam oram Vocontiorum ;*

4. *ad saltus Tricorius ;*

5. *ad Druentiam ;*

6. διὰ Ταυρινῶν, *per Taurinos ;*

7. βαρυτάτην πόλιν, *Taurinorum unam urbem, caput gentis.*

Qu'Annibal, après avoir passé le Rhône, ait pris sur sa gauche, par le pays des Tricastins, pour remonter jusqu'à l'Isère, qu'il soit allé de là au pays des Voconces, c'est ce que j'admets avec M. Hennebert.

Mais Tite-Live dit qu'Anibal traversa la Durance, et il donne du passage de cette rivière un tableau dont la vérité est saisissante. De même Silius Italicus, Ammien Marcellin disent qu'il traversa la Durance. Respectons les témoignages des anciens, et ne leur faisons pas dire, dans l'intérêt de nos idées préconçues, tout autre chose que ce qu'ils disent.

Annibal, que M. Hennebert a conduit ainsi au Mont-Genèvre, pourrait, pour descendre en Italie, suivre le cours de la Dora Riparia. Mais « le tracé de la directrice de marche, arrêté sur les conseils du brenn Magile, se trouve, à Césanne, affecté d'un jarret ; un rebroussement brusque se prononce en même temps dans la courbe des altitudes de l'itinéraire. La colonne doit, en effet, gagner le col de Sestrières, dont l'altitude mesure 2,069 mètres ; à peine est-elle descendue de 500 mètres qu'elle se voit dans l'obligation d'en remonter plus de 700[1] ! »

Quoi ! Annibal était donc si peu renseigné ? Où est « la raggion immutabile » ? La présence de l'armée romaine n'était pas un incident de nature à introduire une variante dans son itinéraire, et voilà que la directrice de marche « se trouve affectée d'un jarret » ? Qu'est-il donc arrivé ? Quoi ? Les officiers topographes auraient-ils laissé une lacune dans leurs cartes, une erreur dans leurs itinéraires ?

Si Annibal avait suivi le cours de la Dora Riparia, dit M. Hennebert, il serait descendu, non pas chez les Taurini, mais chez les Salasses ; et la preuve, c'est que Strabon, « dans un passage de la plus haute importance,... lequel, on peut s'en étonner, n'a jamais appelé l'attention des commentateurs », dit que la « Doire prend naissance, non loin des sources de la Durance, au pays des Salasses ».

---

[1] IIme vol., p. 239.

Les savants, il est vrai, n'ont eu garde de s'appuyer sur cette donnée de Strabon, et cela pour une bonne raison, c'est qu'elle est erronée ; et cette erreur commise par Strabon a « appelé l'attention des commentateurs » ; elle est signalée par Aymar du Rivail[1], au xvi⁰ siècle, puis par d'Anville[2], par Gosselin[3], par Larauza[4]...

On sait que Strabon s'est trompé plus d'une fois, et précisément n'a-t-il pas écrit, au sujet de cette même région des Alpes, que, pour aller de Pavie à Océlum, qui est dans la vallée de la Dora Riparia, on traverse la Durance[5] ? Il voulait dire la Dora Baltéa. Il sait bien qu'il y a une rivière au pays des Salasses, il le dit ; mais voilà qu'il l'appelle Durance, comme, dans le passage cité par M. Hennebert, il la confond avec la Dora-Riparia.

Du reste, pour rectifier l'erreur qu'il a commise en plaçant les Salasses dans la vallée de la Dora Riparia, il suffit en quelque sorte de tourner la page, de lire ce qu'écrit ailleurs Strabon lui-même ; il est dans le vrai lorsqu'il dit que les Romains, après avoir soumis les Salasses, ont fondé dans leur pays la ville d'Aoste[6] ; il est dans le vrai lorsqu'il dit qu'au pays des Salasses il y avait deux passages des Alpes, l'un qui conduisait chez les Centrons, c'est le Petit Saint-Bernard, l'autre, par les Alpes Pennines, c'est le Grand Saint-Bernard[7].

Ne faisons pas reposer une argumentation sur une erreur manifeste de Strabon, et laissons les Salasses où ils étaient.

Si Annibal a, non pas longé, mais seulement traversé la Durance, si les Salasses sont... chez les Salasses, qui ne voit que la fameuse « directrice de marche » a été établie d'une manière artificielle et arbitraire ?

Ceci nous dispenserait de suivre M. Hennebert dans sa périgrination, d'autant plus que, suivant lui (il a pris soin de nous le dire à l'avance), « on voit dans les Alpes tout ce qu'on veut ».

---

[1] *Description du Dauphiné... au XVI⁰ siècle.*
[2] *Notice de l'ancienne Gaule, Druentia.*
[3] *Note de la traduction de Strabon de Coray.*
[4] *Histoire critique du passage des Alpes*, p. 169.
[5] V, 1, 11.
[6] IV, 6, 7.
[7] IV, 6, 7 et 11.

Eh bien, qu'a-t-il vu?

De Grenoble, Annibal aurait passé par Vizille et par Laffrey pour gagner la Mateysine et le Vercors (le Vercors est à 30 kilomètres de là); au delà d'Aspres, il aurait franchi un dangereux couloir, une porte de fer (il n'y a pas de défilé au delà d'Aspres), et non loin de Saint-Bonnet, le débouché connu des anciens sous le nom d'entrée des Alpes (il n'y a pas de défilé entre Saint-Bonnet et Gap[1]).

M. Hennebert n'a pas parcouru le pays dont il parle.

Annibal aurait quitté la vallée du Drac à Forest-Saint-Julien, se serait engagé dans le vallon d'Ancelle pour *sauter* dans la vallée de la Pancrasse; il y avait dans ce vallon d'Ancelle quatre cols : col de Combéour, col de Rouanette, col de la Couppa, col de la Pioly; il a pris par ce dernier, qui s'ouvre à l'ouest de la pointe du même nom, entre cette pointe et Chategré; c'est entre ces limites, — Pioly, Chategré, — qu'il convient de placer la προσβολή de Polybe; des bandes épaisses et tumultueuses de Katoriges occupaient les positions qui commandent l'étroit passage; établi à la Tour Saint-Philippe, ainsi qu'au plateau de Chategré, l'ennemi se proposait évidemment d'attaquer. Tous les cols étaient gardés et celui de la Pioly était encore le moins impraticable. Grimpant à l'assaut des deux côtés à la fois, les bandes katoriges atteignent le chemin que suit la longue file de leurs adversaires. Annibal, après les avoir repoussées, pénètre sans difficulté dans le vallon de la Pancrasse; mais au lieu de descendre cet affluent de l'Avance jusqu'à la hauteur de la Bàtie-Neuve, il ne fait que le traverser pour incliner vers l'est et se porter sur Chorges.

Voilà ce que dit M. Hennebert[2].

Mais Tite-Live[3] dit formellement qu'Annibal ne fut pas inquiété avant le passage de la Durance.

Et comment les Gaulois, qui l'ont escorté jusqu'à l'entrée des Alpes, le laissent-ils se détourner de ces cols aisés à traverser, qui se présentent devant lui, col Bayard, col de Manse? Pourquoi le laissent-ils se

---

[1] Voir dans le *Bulletin de la Société d'Études des Hautes-Alpes* de 1894, *La Traversée des Alpes par Annibal* de M. Roman, p. 20 suiv.

[2] IIme vol., p. 207 suiv.

[3] Haud usquam impedita via, priusquam ad Druentiam flumen pervenit.

jeter dans ce vallon d'Ancelle, vallon âpre et sauvage, d'où l'on ne peut sortir que par des cols difficiles et plus élevés d'un millier de mètres, où il ne semblera s'engager que pour le plaisir de courir des dangers, les Gaulois pouvant occuper toutes les positions avantageuses ?

Si M. Hennebert nous amène, contre toute vraisemblance, dans la haute vallée d'Ancelle et au col de la Pioly, c'est qu'après avoir parcouru la distance indiquée par Polybe, il faut trouver l'entrée des Alpes et l'emplacement de la première attaque.

Qu'est-ce que le col de Courbéous ? je ne sais. Le col de Rouanette est probablement le col de Roucette, entre le vallon d'Ancelle et Orsières. Il faudrait à l'énumération ajouter le col de Fleurandon, qui conduit, comme le col de la Couppa, à Réallon. Le col de la Piolly, c'est le col de Piolly, et d'après la carte d'état-major, le col de Piolit.

Dire que ce col est entre le pic de Piolit et le sommet de Chategré, c'est rester dans le vague ; la distance de l'un à l'autre, en ligne directe, n'est pas de moins de cinq kilomètres, et entre les deux il y a un pic de 2,371ᵐ, ce qui aurait permis une détermination plus précise.

Le col de Piolit n'est pas, comme le veut M. Hennebert, à l'ouest de la pointe de même nom ; il est à l'est, à l'endroit où la carte d'état-major marque la cote 2,256ᵐ ; il est, du reste, comme l'indique la carte, dans les à pic et ne peut être franchi que par des piétons qui s'accrochent aux rochers. Enfin, il descend, non dans la vallée de la Pancrasse de M. Hennebert, mais directement sur Chorges.

Dans la partie haute de cette vallée, à l'ouest du Piolit, 2.467ᵐ, entre cette pointe et la cime cotée 2,371ᵐ, il n'y a aucun col.

Enfin, entre le pic coté 2,371ᵐ et le sommet de Chategré se trouve le col de Moissière, et si Annibal a été, comme le dit M. Hennebert, dominé dans sa marche par les Gaulois qui occupaient Chategré et Saint-Philippe, le col par où il a passé n'est pas le col de Piolit, c'est le col de Moissière (1,590ᵐ), mais alors pourquoi M. Hennebert appelle-t-il col de la Pioly un col qui, sur la carte d'état-major, porte en toutes lettres le nom de col de Moissière ?

Le torrent de Pancrasse de M. Hennebert, c'est le torrent qui passe au village de Saint-Pancrasse et qui a pris le nom de ce village.

Enfin, il est difficile d'admettre que les Gaulois aient pu chaque soir, des positions qu'ils occupaient, descendre jusqu'à Chorges pour revenir chaque matin occuper ces mêmes positions ; et la différence d'altitude étant, entre Chorges et Chategré, de près de 850ᵐ, entre Chorges et le pic de Piolit, de plus de 1,550ᵐ, on peut dire qu'il y aurait là une impossibilité absolue.

M. Hennebert n'a pas parcouru les lieux dont il parle et s'est contenté de la lecture, d'une lecture trop rapide, de la carte ; ses indications topographiques manquent de sûreté et de netteté ; sur le point essentiel, elles sont insuffisantes, puisque nous ne savons même pas par quel col a passé Annibal ; et, ne le sachant pas, on est un peu embarrassé à discuter ce que dit M. Hennebert de la lutte entre l'armée carthaginoise et les Gaulois.

Comment les Gaulois comptaient-ils défendre contre une armée aussi nombreuse et aussi redoutable un pays aussi ouvert que le pays de Chorges, et quelles dispositions avaient-ils prises ? Pouvaient-ils, comme le dit M. Hennebert, garder tous les cols ?

Quand ils ont su qu'Annibal remontait le Drac, ils ont dû penser qu'il passerait par le col Bayard ou le col de Manse ; quand ils ont su qu'il était à Ancelle, ils ont occupé Chategré et la Tour Saint-Philippe, pour lui fermer le passage du col de Moissière. Mais il s'engage dans la partie haute du vallon d'Ancelle, où il y a plusieurs cols, dit M. Hennebert, et où le col de Piolit lui semble seul praticable, ce qui est contraire aux données de Polybe et de Tite-Live, d'après lesquels il n'y avait, pour l'armée carthaginoise, qu'un seul passage. Il n'aurait pas été possible aux Gaulois d'assurer la défense de ces divers cols, du col Bayard au col de la Couppa, d'opposer, sur plusieurs points d'une ligne de 17 kilomètres, à l'armée d'Annibal une résistance sérieuse.

Comme l'emplacement de la première attaque doit être cherché « entre ces limites : Pioly, Chategré », et demeure ainsi indéterminé, M. Hennebert va rester dans le vague ; il ne nous montrera pas les deux camps d'Annibal, et des lieux qui répondent à cette donnée précise de Tite-Live : *castra inter confragosa præruptaque, quam extentissima potest valle locat.* Il ne nous montrera pas ces vallons où les Gaulois auraient pu dissimuler leur présence pour se jeter, par surprise, sur les Carthaginois. Il ne nous montrera pas nettement, ce que distinguent avec soin nos deux historiens, les hauteurs où sont les Gaulois d'abord, Annibal ensuite ; à flanc de montagne, les positions que viennent occuper les Gaulois ; à flanc de montagne aussi, mais plus bas, la ligne où sont engagés les Carthaginois, et au-dessous de cette ligne, les abîmes. Il emploie bien les expressions : abîmes et gouffre, mais sans insister, sans dire de quelles cimes il est question et de quelles pentes, sans dire quels sont ces abimes. On sent trop qu'il n'a pas lu Polybe et Tite-Live sur place ; il les a lus dans son cabinet, et encore assez rapidement, puisqu'il laisse de côté, sans les citer, ces expressions si nettes et si caractéristiques : οὔσης οὐ μόνον στενῆς καὶ τραχείας τῆς προσβολῆς, ἀλλὰ καὶ κρημνώδους... ἐφέρετο κατὰ τῶν κρημνῶν ; *præcipiter deruptæque angustiæ. — Multus turba in immensum altitudinis dejecit.*

Il y a, dans Polybe et dans Tite-Live, au sujet de cette première attaque, des données topographiques très précises ; il fallait les dégager toutes ; et nous montrer des lieux, bien déterminés, répondant à toutes ces données.

Annibal remonte le cours de la Durance pour se porter vers le Mont-Genèvre ; il traverse cette rivière à Savines, puis, au-dessous d'Embrun, à Saint-Clément, au-dessus de Saint-Martin de-Queyrières, à la Vachette [1] ; il la traverse cinq fois ! Il est bien permis de s'étonner, et d'affirmer que M. Hennebert n'a jamais vu la Durance.

Dans cette grande vallée, était-il possible aux Gaulois de préparer une surprise et de la dissimuler assez bien pour faire courir à l'armée d'Annibal de réels dangers ? C'est une question.

M. Hennebert dit que les habitants vinrent demander à Annibal son amitié, et, qu'après l'avoir accompagné, ils l'ont ensuite abandonné. Il ne cite pas les expressions de Polybe et de Tite-Live ; il ne paraît pas soupçonner la perfidie de ces Gaulois qui ne se firent accepter comme guides que pour l'égarer dans sa marche et l'amener dans les lieux où l'on avait résolu de l'attaquer.

La deuxième attaque aurait eu lieu au Pertuis Rostan.

Au-dessus de l'Abessée (la Baissée) on a, à sa droite, au pied de la

---

[1] Voir la feuille VII des cartes qui accompagnent le travail de M. Hennebert. — Sur ces passages successifs de la Durance, sur « ces mouvements désordonnés », sur la Gorge, l'acropole sacro-sainte et les matrones de Rama, imaginations fantaisistes de M. Hennebert, sur la rivière du Loriou, qui n'existe pas, voir M. Roman, p. 23 suiv., et sur une série d'erreurs relatives à l'histoire et à la topographie de cette région, p. 19 suiv.

montagne, la route ; à sa gauche, dans un abîme, la Durance ; entre les deux, un banc de rochers dans lequel il y a une coupure, cette coupure, c'est le Pertuis Rostan.

Je laisse un correspondant du Ministère de l'Instruction publique, M. Roman, qui habite le pays d'Embrun, nous en donner la description [1] :

« Le Pertuis Rostan, ancien passage d'une route aujourd'hui abandonnée pour une meilleure, est un boyau de cinquante-cinq mètres de longueur sur une largeur *maxima* de dix mètres, qui se réduit parfois à huit. Ce couloir offre une pente assez forte, mais régulière, et loin qu'il y coule un torrent, une rivière ou une cataracte, on n'y trouve pas même une fontaine. Il serpente entre deux rochers, sensiblement horizontaux à leur sommet, et mesurant, à l'une des extrémités du Pertuis, cinquante centimètres, et, à l'autre, quinze mètres de hauteur. Voilà le Pertuis Rostan, d'après les mesures que j'en ai prises moi-même [2]. »

Or, voici ce qu'a écrit M. Hennebert :

« Qu'on se représente une ruelle sombre entre deux murailles de rochers à pic dont les arêtes vives déchirent crûment le ciel, un de ces corridors sauvages dont le sol est ravagé par les eaux d'un torrent. De tels couloirs ne sont pas rares en pays de montagnes, où on les désigne ordinairement sous le nom de *portes ;* chacun sait ce qu'il faut entendre par *Thermopyles, Portes Caspiennes, Bibans* ou *Portes de fer.* Les habitants des Alpes les appellent le plus souvent *combes ;* mais celui que les Carthaginois abordaient a reçu depuis longtemps une dénomination spéciale, celle de *Pertuis Rostang.* Le profil de cet étranglement fameux est bien conforme à la description si concise, mais si expressive en même temps que nous a laissée Polybe, mais tracée de main de maître et que Tite-Live eût dû s'attacher à reproduire en termes précis, au lieu d'essayer une autre description, que la fantaisie semble avoir inspirée. Ce *pertuis* est bien une *porte* ouverte, non par la main de l'homme, mais par celle du Créateur, frappant, aux premiers âges du globe, la loi des grands bouleversements géogéniques. C'est une gorge à parois verticales, parois dont

---

[1] Pag. 25. M. Roman donne un plan coté du Pertuis Rostan.
[2] IIme vol., p. 220.

les stratifications discordantes dressent en saillies aiguës leurs surplombs menaçants, et qui sont partout déchirées de failles, crevassées de ravins sombres qu'éclaire en bondissant l'écume des cascades. Au fond de ce pertuis aux flancs sauvages roulent tumultueusement les eaux de la Durance. Il est facile de comprendre l'importance militaire dont la nature a doté ce dangereux méat,... ce boyau étranglé, d'aspect très effrayant,... cet affreux coupe-gorge. »

« C'est un vrai décor de drame que cette description, » dit M. Roman.

Celui dont l'imagination se plaît à de pareils exercices de rhétorique, a-t-il bien le droit de reprocher à Tite-Live de tracer des tableaux de fantaisie ?

« L'erreur de l'auteur de l'*Histoire d'Annibal*, dit M. Roman, vient d'une mauvaise lecture de la carte de l'État-Major. Le Pertuis Rostan n'étant pas indiqué sur cette carte, le colonel, qui n'est pas venu sur les lieux, a confondu avec ce Pertuis, le gouffre au fond duquel passe la Durance, gouffre formidable, en effet, de quatre-vingts mètres de profondeur et de trente ou quarante de largeur, mais où nul pied humain ne passa jamais, car la rivière encaissée et bouillonnante en remplit toute l'étendue. »

Quand M. Hennebert nous dit que « l'armée est tout entière massée dans le Pertuis qu'elle remplit de son serpentement », ces expressions n'ont aucun sens : l'armée n'était pas massée dans l'abîme où est la Durance ; nul ne peut s'y hasarder ; elle n'était pas massée dans ce couloir du Pertuis Rostan, couloir de cinquante-cinq mètres sur huit à dix ! Le rocher du Pertuis, haut de quinze mètres et qu'il est aisé de tourner, n'aurait pas arrêté un instant Annibal ; la position du Pertuis Rostan n'a eu quelque importance que lorsqu'on y eut établi une muraille qui barrait la vallée, fermait l'entrée du Briançonnais et permettait d'arrêter ou de rançonner ceux qui voulaient passer.

M. Hennebert cite ces mots de Polybe : φάραγά τινα ὃύσβατον καὶ κρημνώὃη, qui représentent bien, dit-il, « un étranglement, une gorge encaissée par des rochers à pic » ; mais « Tite-Live, dit-il, a essayé une autre description que la fantaisie nous semble avoir inspirée : *angustiorem viam ex parte altera subjectam jugo super imminenti....* Tite-Live entend parler ici d'un étroit chemin à flanc de coteau, non d'une gorge encaissée par des rochers à pic ; il est ainsi en complet désaccord avec Polybe. Nous ne saurions donc, en l'état, soumettre à la critique l'opinion des commentateurs qui se plaisent à confondre les deux tableaux au lieu de les disjoindre. »

Qu'a donc écrit Tite-Live qui ne soit la traduction du texte de Polybe ? Les barbares, dit-celui-ci, occupaient les positions dominantes et « s'avançaient à flanc de montagne, ἀντιπαράγοντες ταῖς παρωρείαις ». M. Hennebert ne cite pas les mots ταῖς παρωρείαις, qui renferment la donnée topographique essentielle.

Suivant Tite-Live, le passage était dominé par une montagne dont les Gaulois occupaient les pentes ; suivant Polybe les Gaulois s'avançaient en se tenant sur un flanc de la montagne ; ils sont parfaitement d'accord ; si l'un dit ταῖς παρωρείαις, l'autre dit *per obliqua*. Mais M. Hennebert, qui veut que l'armée Carthaginoise soit engagée « entre deux murailles de rochers à pic », laisse de côté ce que dit Polybe des pentes de la montagne et reproche à Tite-Live d'en avoir parlé !

Annibal, arrivé au Mont-Genèvre, serait redescendu jusqu'à Césanne pour remonter aussitôt à un col plus élevé et plus difficile, le col de Sestrières. M. Hennebert, en des lignes que j'ai citées plus haut, a fait lui-même ressortir la haute invraisemblance d'une pareille supposition ; et elle a contre elle les témoignages des anciens.

M. Hennebert qui ne trouvera pas, dans le haut du val de Pragelas, les espaces nécessaires pour un campement de l'armée carthaginoise, suppose que c'est au Mont-Genèvre qu'elle a campé pendant deux jours. Mais Polybe et Tite-Live disent qu'elle ne campa qu'après avoir franchi les Alpes, et les Alpes sont-elles donc franchies, quand on a à passer le col de Sestrières ? Ils disent que lorsqu'on quitta le campement, on commença à descendre ; est-ce donc descendre que remonter aussitôt vers un col de deux cents mètres plus élevé que le Mont-Genèvre ? Et ils décrivent, avec le plus grand détail, toutes les difficultés et tous les dangers que présenta cette descente vers l'Italie, mais y a-t-il rien, dans leurs descriptions, qui se rapporte au passage du col de Sestrières ; et, je le répète, si Annibal avait passé deux cols, comment ne l'auraient-ils pas dit ?

Annibal, alors que ses troupes étaient campées, leur montrait l'Italie, les plaines du Pô, la direction de Rome. Était-il au Mont-Genèvre, comme le veut M. Hennebert ? on y est de toutes parts entouré de hautes montagnes.

Au moment où l'armée commence à descendre, elle rencontre un obstacle ; quelle en était la nature ?

« Les textes, dit M. Hennebert, il n'est pas nécessaire de les interroger longuement... leur réponse catégorique ne se fait pas attendre et ne saurait surtout prêter à l'équivoque... il ne peut être ici question ici d'autre chose que d'un éboulement [1] ».

Et il cite les textes qui paraissent confirmer cette opinion : τῆς ἀπορρῶγος καὶ πρὸ τοῦ μὲν οὖσης, τότε δὲ καὶ μᾶλλον ἔτι προσφάτως ἀπερρωγυίας... σχεδὸν ἐπὶ τρία ἡμιστάδια, *natura locus jam ante præceps recenti lapsu terræ... abruptus erat.*

Et il ajoute : « Il serait assurément puéril de songer à soutenir une discussion topographique contre les commentateurs qui cherchent le point du val de Pragelas où cet éboulement s'est produit ».

Or voici le texte de Polybe :

διὰ τὴν στενότητα, σχεδὸν ἐπὶ τρία ἡμιστάδια τῆς ἀπορρῶγος καὶ πρὸ τοῦ μέν οὖσης, τότε δὲ καὶ μᾶλλον ἔτι προσφάτως ἀπερρωγυίας.

Dans un passage étroit, escarpé, d'un stade et demi de longueur, on trouvait deux choses qu'il faut distinguer, un éboulement récent, et une partie qui avait résisté, une partie rocheuse.

M. Hennebert ne fait pas cette distinction, et démembrant le texte de Polybe, prenant le σχεδὸν ἐπὶ τρία ἡμιστάδια, pour la mesure non pas de l'ensemble de l'escarpement, mais du seul éboulement, il dit : « l'arrachement produit par l'éboulement ne mesure pas moins de 3oo mètres de largeur [2] ».

Rétablissons, d'autre part, les témoignages de Tite-Live : au seul texte cité par M. Hennebert, il faut en joindre deux autres, dont les données sont beaucoup plus nettes et caractéristiques :

Ventum deinde ad multo angustiorem rupem, atque ita rectis saxis ut... Rupem inviam esse...

Ainsi, d'abord des rochers escarpés donnant sur un précipice, et ensuite, un éboulement récent, voilà la donnée de Tite-Live, donnée conforme à celle de Polybe.

Annibal cherche à passer au-dessus de l'éboulement ; mais dit M. Hennebert, « la neige récemment tombée recouvrait la neige de l'hiver précédent [3] ». Quoi, des neiges de l'hiver précédent, des neiges

---

[1] Pag. 241, 242.
[2] Pag. 244.
[3] Pag. 245.

persistantes, quand on a déjà descendu une partie du val de Pragelas !

« La description topographique de Polybe et de Tite-Live, a dit M. Hennebert, dès le début [1], se rapporte également bien à toutes les régions des Alpes ». Oui, quand nous n'y prenons que ce qu'il nous convient d'y prendre. « On peut voir et on voit effectivement tout ce qu'on veut dans les Alpes [2] ». Oui, à la condition de ne pas y aller et d'avoir beaucoup d'imagination.

M. Hennebert lit les textes anciens à sa manière ; au lieu de les prendre dans leur intégralité, d'en donner une traduction exacte et complète en en expliquant chaque expression pour en dégager et le vrai sens et toutes les données qu'elle renferme, il ne voit de ces textes que ce qui est conforme à son opinion, que ce que les lieux tels qu'il se les imagine lui permettent de voir, et il supprime le reste, sans daigner le discuter, le tenant simplement comme valeur négligeable.

S'il a une manière à lui de lire les textes anciens, il a aussi une manière à lui de lire la carte, et aussi n'accorde-t-il aucune valeur aux « descriptions topographiques » de Polybe et de Tite-Live. Au col de Piolit, sa topographie restait vague, incertaine ; au Pertuis Rostan elle se perdait dans les fantaisies déclamatoires ; il traçait librement le tableau de la première attaque, le tableau de la deuxième, dans des paysages imaginaires, irréels. Ici, il efface les traits précis et saisissants du tableau que nous ont fait les anciens des obstacles rencontrés à la descente vers l'Italie ; tout se réduit à un simple éboulement, et, comme en pays de montagnes il peut y avoir des éboulements partout, et partout, à ce qu'il paraît, des flaques de neiges des hivers précédents, demander où un éboulement s'était produit dans le val de Pragelas, en l'an 218 avant notre ère, serait en effet « puéril ». Et voilà pourquoi il n'y a pas de tableau, pas de topographie du tout !

Les auteurs qui ont fait passer Annibal par le col de Sestrières et la vallée du Chisone espéraient trouver dans cette vallée les difficultés que ne présente pas la vallée de la Dora Riparia, et d'autre

---

[1] Pag. 67.
[2] Pag. 72.

part, ils étaient guidés par une fausse analogie avec la marche de César, qui alla d'Ocelum au pays des Voconces : Ocelum, disaient-ils, c'est Usseaux, près de Fénestrelle, et c'est ce que dit encore M. Hennebert[1]. Précisons un peu.

César est parti d'Aquilée, avec cinq légions, pour aller combattre les Helvètes ; il prend le chemin qui le mènera le plus directement dans la Gaule transalpine, *qua proximum iter in ulteriorem Galliam per Alpes erat ;* d'Ocelum, qui est la limite de la Province citérieure, *ab Ocelo, quod est citerioris Provinciæ extremum,* il va, en sept jours, vers le pays des Voconces...[2].

On a dit : Il y a dans la vallée du Chisone un Usseaux, *Uxellum, Uscellum,* donc César a passé par la vallée du Chisone.

Et on a dit, avec autant de raison : Il y a dans le val de Viu un Usseglio, *Ucelium, Ocelium;* donc César a passé par le val de Viu[3].

Mais Ocelum, l'Ocelum de César, est dans la vallée de la Dora-Riparia, dans la vallée de Suze.

J'avais étudié la question et je terminais un mémoire à ce sujet, lorsque je connus l'excellent article publié par M. Jacobs, au mois d'août 1859, dans la *Revue des sociétés savantes.*

Les trois vases de Vicarello, des *Aquæ Apollinares,* portent : *Seguisione, Ocelo XX*[4], *Taurinis XX,* et l'anonyme de Ravenne, sans indiquer les distances : *Segatione, Ocellio, Fines, Taurinis.* Dans l'*Itinéraire d'Antonin,* dans la *Table de Peutinger,* dans l'*Itinéraire de Bordeaux à Jérusalem,* la station d'Ocelum est remplacée par la station *ad Fines,* qui est à 18 milles de Turin, d'après la *Table de Peutinger,* à 16 milles, d'après le dernier itinéraire.

De même Strabon[5], dans deux passages qui contiennent, il est vrai, certaines inexactitudes, dit qu'en remontant la Dora Riparia, dans la direction du royaume de Cottius, on trouve Occlum, où est

---

[1] *Histoire d'Annibal,* 2me vol, p. 281.
[2] *De bello Gallico,* I, IV. — Suivant M. Maissiat, *César en Gaule,* Ier vol., le mot occlum désignerait, d'une manière générale, « un poste de surveillance », — « un poste établi à une frontière », et l'occlum où a passé César serait sur la Dora Baltéa, probablement à Bard.
[3] Albanis Beaumont, *Description des Alpes Grecques et Cottiennes.*
[4] L'un d'eux XXVII, qui est une erreur.
[5] IV, 1, 3; V, 1, 11.

la limite de ce royaume et ou commencent la région des Alpes et la Celtique.

A moitié chemin, entre Suze et Turin, la Dora-Riparia n'a qu'un étroit passage entre la colline de Saint-Michel et la Cluse des Lombards, sur la rive droite, et sur l'autre rive un contrefort des grandes montagnes qui s'avance comme un promontoire et semble fermer la vallée; cette colline de Torre del Colle est une sorte d'*oppidum*, et c'est très probablement la situation d'Ocelum; elle est une limite naturelle entre la partie resserrée de la vallée et la partie plus large qui s'étend jusque vers Turin.

Ad Fines remplaça Ocelum comme station lorsqu'on eut établi un chemin le long de la rivière pour éviter d'avoir à gravir la colline. Durandi[1] le place au lieu dit Li Fini, qui est au delà de Castelletto, à 6 kilomètres de Torre del Colle.

Mais revenons à Annibal. Que lui et César aient passé par le pays des Voconces, ce n'est pas une preuve qu'ils aient franchi les Alpes par le même point. De ce qui ne pouvait être qu'une simple présomption, une conjecture à examiner, les partisans du val de Pragelas se sont fait un argument, et voilà que cet argument ne repose que sur une erreur géographique; Ocelum n'est pas où ils le plaçaient; il faudra bien en prendre son parti.

Qu'Annibal ait franchi le col de Mont-Genèvre, ou qu'il ait franchi ce col et le col de Sestrières, il ne s'est pas élevé au-dessus de cette région moyenne des Alpes, de celle où l'on trouve les arbres et une certaine culture, et nulle part, même en s'écartant de sa route, il ne rencontrera les neiges persistantes; pour répondre aux données si précises de Polybe et de Tite-Live, il faut chercher dans une région plus élevée le passage qu'il a suivi.

Enfin, il est une autre raison qui permet d'affirmer qu'Annibal n'a pas passé par le Mont-Genèvre.

Pompée, dans sa lettre au Sénat, dit qu'il vient d'ouvrir, à travers les Alpes, un chemin différent de celui d'Annibal, et qui est plus avantageux pour les Romains, *nobis opportunius*[2]. Ce texte se com-

---

[1] *Piemonte Transpad.*, p. 93.
[2] Salluste, *Fragm.* — De même Appien, *de bell. civ.*, I, p. 109.

prend si l'on fait passer Pompée par le Mont-Genèvre[1] ; le Mont-Genèvre lui ouvre la vallée de la Durance, la route de la Province romaine et de l'Espagne ; il ne se comprend pas, si Annibal a pris par le Mont-Genèvre, Pompée, plus au nord, par le Petit Saint-Bernard, où, comme le veut M. Hennebert[2], par le Mont-Cenis.

L'impossibilité d'expliquer cette lettre de Pompée, l'impossibilité de nous montrer cette région décrite par nos deux historiens, cette région supérieure à celle de la végétation et où l'on touche aux neiges éternelles, l'impossibilité de trouver des points des Alpes qui répondent, et pour les deux attaques et pour la descente vers l'Italie, aux données topographiques si précises de Polybe et de Tite-Live, prouvent que ce n'est pas par cette partie des Alpes qu'Annibal est entré en Italie.

Annibal a-t-il passé par la vallée du Guil, par le Queyras ? C'est ce qu'a pensé M. Imbert Desgranges[3]. Suivant lui, la rivière que Polybe appelle Scoras serait l'Aygues, l'Ile serait le pays qui est au confluent de cette rivière et du Rhône, et Annibal, pour aller vers les Alpes, aurait remonté la vallée de l'Aygues. Mais, l'indication par Polybe et par Tite-Live des journées de marche et des distances parcourues le long du Rhône, les limites assignées par eux à cette île qui est comprise entre le Rhône et la rivière qu'ils nomment l'un *Isara*, l'autre *Scoras*, ne permettent pas d'admettre ces suppositions de M. Imbert Desgranges.

Annibal, arrivé sur les bords de la Durance, aurait remonté cette rivière sur 25 à 30 kilomètres, tandis que Tite-Live dit simplement qu'il la traversa.

Les Gaulois l'auront-ils attaqué à la Viste, c'est-à-dire au-dessus de

---

[1] On a invoqué pour prouver que Pompée a passé par le Mont-Genèvre la *lex Pompeia* par laquelle étaient rattachées à des municipes douze cités qui firent partie du royaume de Cottius et ne furent pas inscrites sur l'Arc de Suze parmi les *gentes Alpinæ devictæ*. Mais cette loi est du père de Pompée, Pompeius Strabo, consul l'an 89 av. J.-C.

[2] *Histoire d'Annibal*, IIme vol., p. 91 suiv.; p. 278, note.

[3] *Mémoires de l'Académie Delphinale*, tome I, 1840, p. 122, et traduction de Tite-Live, par Miard, tome I, p. 884. — De même M. Fauché-Prunelle, *Essai sur les anciennes institutions autonomes des Alpes Cottiennes Briançonnaises*, 1856.

Guillestre ? On n'y reconnaît ni le défilé au bord du précipice, ni les positions que les Gaulois occupaient à flanc de montagne. ni la position d'où Annibal les dominait et commandait tout le passage. Si les Gaulois campaient à la Viste pour fermer l'entrée du Queyras, comment Annibal n'a-t-il pas continué de marcher le long de la Durance ? Et surtout comment l'ont-ils attaqué dans des conditions si peu favorables, au lieu de le laisser s'engager dans le défilé de Veyer ? On ne saurait se représenter les difficultés et l'horreur de cette gorge qui conduit au Queyras : sur 18 kilomètres le Guil s'est creusé un lit dans les rochers au milieu de montagnes d'une extrême élévation, et avant la route actuelle, il n'y avait qu'un sentier qui passait jusqu'à quinze et vingt fois la rivière avec des pentes de 20 et quelquefois de 45 pour cent. Est-il besoin de dire qu'Annibal n'aurait pu s'emparer de ce défilé dans une nuit, et qu'on chercherait vainement l'éminence, l'*arx*, qui en aurait commandé l'ensemble ; ce que l'on y trouverait, ce sont les abîmes, ce sont les positions avantageuses pour ceux qui défendraient ce passage, et si l'armée carthaginoise s'y était engagée, les Gaulois l'auraient écrasée en occupant des hauteurs qu'on n'aurait pu leur disputer.

Le Château-Queyras est-il la ville dont s'empara Annibal ? mais de la Viste à Château-Queyras il y a 18 kilomètres ; il est donc impossible d'admettre que Château-Queyras soit cette ville d'où venaient chaque matin les Gaulois pour défendre les hauteurs qui dominent la Viste, et où ils rentraient chaque soir ; d'autre part de Château-Queyras il n'y a que 12 kilomètres jusqu'à Abriès, et d'Abriès on monte à la Traversette du Viso en cinq heures, au col de la Croix en deux heures et demie : où sont les quatre journées de marche qui séparent le *castellum* du point de la deuxième attaque ?

Trouverons-nous au moins des lieux analogues à ceux qui furent le théâtre de cette nouvelle attaque ? Nous en cherchons vainement sur le chemin des cols, et l'on est réduit à supposer qu'à la quatrième journée de marche, Annibal n'était encore qu'à sept kilomètres de Château-Queyras, lorsque les Gaulois l'attaquèrent au-dessus d'Aiguilles au milieu des rochers qui dominent la route sur un kilomètre et demi : mais ces rochers ne sont qu'un banc de peu d'élévation et des pentes faciles donnent accès sur les plateaux qui les couronnent : on ne voit ni la position formidable occupée par les Gaulois ni celle que prit Annibal pour leur résister du haut du rocher blanc.

Annibal n'a pas passé par les cols de la vallée du Guil, le col de la Traversette du Viso, le col de la Croix.

La Traversette est un col très élevé (3,051^m) et dont l'abrupt sur l'Italie était à peu près infranchissable. Si on ne passe pas par le tunnel, il faut descendre par une étroite corniche dans les rochers, et la descente, très rapide, présente de sérieux dangers. On peut camper au pied de ces effroyables escarpements, au plan de Melezet, mais, le nom le dit, on est dans la région des arbres et des prairies ; à partir de ce point on parcourt, sans y rencontrer aucune difficulté, la vallée de Crissolo.

Le col de la Croix est à 2,320 mètres ; il est garni de pâturages ; à la descente se trouve la Coche, coupure étroite et de quelques mètres de longueur dans une arête de rochers. Mais nous ne trouvons pas entre le col et la Coche les espaces où aurait campé Annibal ; la Coche n'a pas les dimensions données par Polybe, et si l'on veut tourner cet obstacle on ne sera nulle part arrêté par les neiges des hivers précédents. Rien qui réponde aux données de Polybe et de Tite-Live.

Je n'ai pas eu à invoquer le témoignage des auteurs qui ont pensé qu'Annibal avait passé par la vallée de Barcelonnette ; ils n'ont pas étudié les détails de sa marche, ils n'ont pas cherché à justifier leurs affirmations, et leurs indications sont restées dans le vague.

Suivant Aymar du Rivail, Annibal est allé de Tallard par la Bréole à Barcelonnette, il a franchi le col de l'Argentière (col de Larche), et il est descendu en Italie par la Barricade *(per rupem Scissam)*, Vinadio Demonte et Coni [1] ; mais la descente du col de Larche ne présente pas les difficultés que rencontra l'armée carthaginoise.

Le marquis de Saint-Simon [2] dit qu'Annibal, dans le delta compris entre Lyon, Valence et Pont-de-Beauvoisin, arrivé dans l'Ile, a campé à Vienne, qu'il a redescendu ensuite le Rhône jusqu'au pays des Tricastins, qu'il a passé par l'extrémité du pays des Voconces et par celui des Tricoriens, suivant vers l'intérieur des terres, vers l'Est, la direction indiquée par Polybe. « Cette direction de la marche conduit, dit-

---

[1] *Description du Dauphiné, de la Savoie… au XVIe siècle*, traduction par M. Antonin Macé, p. 224 s. et 318.

[2] *Histoire de la guerre des Alpes ou campagne de 1744*, Amsterdam, 1770.

il, à la Bréoulle ou fort près. La Durance ayant reçu l'Ubaye, offre en
ce lieu le tableau que Tite-Live en a fait. Les Alpes qui sont au-delà
se présentent telles qu'Annibal les a vues ». Après avoir repoussé les
Gaulois qui occupaient les hauteurs de la Bréole, Annibal abandonna
Ubaye au pillage de ses soldats, alla à Barcelonnette[1] et suivit le
cours de l'Ubaye jusqu'au-delà du point où elle reçoit l'Ubayette, de la
vallée qui conduit au col de l'Argentière (col de Larche), et puis il se
porta vers le mont Viso, d'où l'on voit les plaines de l'Italie. « Quoique
je ne sache pas précisément par quel col ce général est entré dans ce
fatal vallon, et quelle route il s'est ouverte pour arriver à la sommité
des Alpes, je ne le perds pas plus de vue qu'un chasseur qui, des
hauteurs, laisse sa meute parcourir les routes et les fourrés d'un bois
à l'entrée duquel il l'a conduite ; il ne la voit plus, mais il l'entend
au loin et la rejoint aussitôt qu'elle quitte les fonds. Je me retrouve de
même avec Annibal sur le mont Viso. » Annibal aurait passé de la
vallée de l'Ubaye dans la vallée du Queyras, si l'on s'en rapporte à la
carte publiée par Saint-Simon, il aurait, entre cette vallée et les
plaines, franchi un col au nord du Viso.

Les idées du marquis de Saint-Simon sont tellement vagues, tellement insaisissables, qu'elles échappent à la discussion. S'il ne sait
pas par quels cols Annibal a pu passer, il nous dispense de le rechercher et de le dire pour lui.

M. le Dr Ollivier, qui s'est occupé beaucoup des antiquités et gauloises et romaines de la vallée de Barcelonnette, et à qui l'on devait
une *Étude sur les anciens peuples inscrits sur les monuments de la
Turbie et de Suze*, a publié, en 1889, une *Étude sur le passage d'Annibal dans les Alpes*[2] ; nul ne connaissait mieux que lui la vallée de
l'Ubaye, et il avait, à plusieurs reprises, visité les lieux qui répondent

---

[1] Saint-Simon dit que les habitants de la vallée vinrent à la rencontre d'Annibal
avec des rameaux d'olivier comme symboles de paix et que la vallée de Barcelonnette est la seule vallée des Alpes où il y ait des oliviers. Or il n'y a pas d'oliviers
dans la vallée de Barcelonnette et Saint-Simon n'a fait que reproduire un contre-
sens de la traduction de Polybe par Dom Thuillier, contresens qui se trouve également dans la traduction latine de Casaubon.

[2] *Une voie Gallo-Romaine dans la vallée de l'Ubaye et passage d'Annibal dans les
Alpes, étude historique.*

9

aux données de Polybe et de Tite-Live. Je vis avec plaisir accepté par lui et confirmé ce que j'avais écrit, en 1861, au sujet de la marche entre la Durance et l'Italie.

Mais j'avais supposé qu'Annibal avait remonté l'Isère, puis la Gresse, et était allé, par le col de la Croix-Haute, au pays des Tricorii. Il me semblait que je prenais ainsi, dans un sens à peu près littéral, le texte de Polybe relatif aux 800 stades parcourus « le long du fleuve ». Après nouvel examen de la question et de toutes les hypothèses auxquelles elle a donné lieu, j'ai dû reconnaître que ce texte ne s'applique ni au Rhône ni à l'Isère, et à une autre rivière, que, pris littéralement il n'a pas de sens, que, dès lors, il appelle une interprétation, et que la véritable interprétation consiste à n'y voir que ce que Polybe y a mis, l'indication d'une direction générale, d'une orientation.

M. le Dr Ollivier a dit qu'Annibal, pour aller du Rhône à la Durance, a suivi la vallée de la Drôme et qu'il a passé par le col de Cabre pour descendre chez les Tricorii. Il y a là une heureuse modification, et je n'hésite pas à accepter, sur ce point, l'opinion de M. le Dr Ollivier.

Cette opinion se concilie aussi bien que celle que j'avais précédemment admise avec ce que dit Tite-Live du pays des Voconces et du pays des Tricorii, et elle répond beaucoup mieux aux données de Polybe. La marche de 800 stades est la marche entre le Rhône et la Durance ; l'entrée des Alpes, qu'on a vainement cherchée au mont du Chat et au mont de l'Épine, près d'Allevard ou près de Malataverne, au col du Lautaret, dans les cols de la vallée du Drac ou de la vallée de la Gresse, ou, comme le fait M. le Dr Ollivier, au col de Cabre, ne se place plus dans les chaînes subalpines ; l'entrée des Alpes, c'est l'entrée de la vallée de l'Ubaye. Ce point établi, tout s'explique : les distances parcourues sont celles qu'a indiquées Polybe, et nous reconnaissons la parfaite exactitude de la description de l'entrée des Alpes telle qu'elle nous est donnée par Tite-Live.

Lorsqu'on remonte la vallée de l'Ubayette pour aller vers le col de Larche, on est dominé, au midi, par une belle montagne, l'Euchastraye, le nœud de l'Euchastraye ; au-delà, on trouverait les bassins du Var et de la Tinéa, les eaux qui vont vers la Méditerranée. Certes, ceux qui ont étudié la marche d'Annibal n'ont pas manqué d'originalité, même d'audace ; il ne s'en est trouvé aucun pour jeter Annibal au milieu de ces Alpes de la Provence.

Du Grand Saint-Bernard au col de Larche, nous venons d'explorer une dizaine de passages, sans compter, en dehors de l'axe de la grande chaîne, bon nombre de cols, soit en France, soit en Italie. On nous a fait remonter le Rhône jusqu'à Martigny et la Drance d'Entremont ; l'Isère jusqu'à Séez et le Doron et le torrent des Glaciers ; l'Arc jusqu'à Bessans ; le Drac et la Romanche ; la Drôme ; l'Aygues ; la Durance à partir de Tallard ; le Guil ; l'Ubaye et l'Ubayette. On nous a fait descendre en Italie par les vallées de la Dora Baltéa, de la sture du val de Viu, de la Dora Riparia, du Chisone, du Pô, de la Vraïta, de la sture de Coni. Où ne nous a-t on pas menés ? Si on reporte sur une carte ces diverses indications, elle se trouvera couverte du réseau très serré de nos itinéraires.

Et partout, sur notre chemin, on a invoqué les traditions. Pour le Grand et pour le Petit Saint-Bernard, elles remontent à Tite-Live et même au delà ; pour les autres passages, on voit assez comment elles se sont formées ; un érudit avait exprimé une opinion, après avoir étudié la question, ou sans l'avoir étudiée, peu importe ; elle est reproduite dans les histoires locales, dans les géographies de ces parages, en ces derniers temps vulgarisée par les journaux ; elle se répand peu à peu, d'autant plus aisément acceptée par les habitants qu'ils se croient intéressés d'amour propre ; quelques années plus tard, celui qui vient, trouve la tradition établie et, sans manquer de bonne foi, se laisse aller à en tenir compte.

Dans la Tarentaise, à Bourg-Saint-Maurice, des vieillards racontaient à M. le colonel Perrin que leurs aïeux avaient amoncelé sur les cimes des pierres qu'ils précipitaient sur l'armée carthaginoise ; et, dans la Maurienne, un peu au-dessus de Saint-Jean, vers Villars-Clément, un vieil agent voyer lui disait : « vous regardez le ravin d'Annibal ». « C'est peut-être, écrit le colonel, le seul survivant qui connût cette tradition. » Sur le plateau du Mont-Cenis, les gens du pays disaient à Larauza que « leurs anciens leur avaient raconté qu'un fameux général nommé Annibal était passé par là il y a bien longtemps ». Dans la haute vallée de la Durance, sur la route, le cantonnier me disait sans hésitation : « C'est ici qu'a passé Annibal. » Lorsque nous étions dans les Alpes, Larauza, M. le colonel Perrin et moi, il y avait deux ou trois siècles que l'on avait pu lire bon nombre d'ouvrages où il était dit qu'Annibal avait passé par la Tarantaise, par la Maurienne et le mont Cenis, par la vallée de la Durance ; les traditions s'étaient formées, acceptées partout sans hésitation.

Et partout dans ces vallées, dans ces passages des Alpes, on nous a signalé des monuments et des objets de toute nature : dans les Basses-Alpes, près de Thorane, dans le bassin du Verdon, à Loriol et dans d'autres localités du département de la Drôme, des camps d'Annibal ; entre Tours et Saint-Dalmas, une large pierre, qui est une table d'Annibal ; au Petit Saint-Bernard, ce cercle de pierres qui est le cercle d'Annibal ; au pied de ce passage, du côté de la France, de prétendus ossements d'éléphants ; le bouclier d'Annibal trouvé près de Pont-de-Beauvoisin ; au Grand Saint-Bernard, des monnaies anciennes dont on n'a pas lu les légendes, et qui, par là même, doivent être des monnaies carthaginoises ; des médailles d'or, évidemment carthaginoises, trouvées, disait-on, dans une vallée tributaire de la vallée de Barcelonnette, la vallée de Fours, où jamais du reste on n'a entendu parler de cette trouvaille ; les médailles à l'effigie de Didon, qui peuvent être dans les collections du couvent du Grand Saint Bernard, mais auraient été trouvées on ne sait où, peut-être dans le Valais, et qui, bien entendu, sont fausses ; une inscription au col d'Arnas, entre la vallée de l'Arc et le val de Viu, inscription où on aurait lu le nom d'Annibal ; près de Bard et de Donnas, dans la vallée de la Dora Baltéa, ces rochers où l'on croit avoir lu : *transitus Annibalis*, alors qu'on y trouve une borne milliaire des Romains et l'indication du passage de Thomas de Grimaldi, en 1474 ; dans la vallée de la sture de Coni, une inscription gravée sur les rochers de la Barricade, assez haut pour qu'il soit difficile de la déchiffrer, et qui était, disait-on, en caractères puniques ; elle relate, comme celle de Donnas, le passage d'un corps de troupes italiennes...

Et partout dans ces vallées, dans ces passages des Alpes, on a signalé à notre attention les noms des localités, les lieux dits : le nom de Courthezon, près d'Orange, vers l'entrée de la vallée de l'Aygues, rappelle le nom de Carthage ; Annibal a passé dans la vallée de l'Aygues, au village de Piles, dont le nom, si vous voulez bien, pourrait signifier en grec Portes ; il a passé au village du Passage, près de Pont-de-Beauvoisin ; il a passé dans la Maurienne qui doit son nom, *Mauria, vallis Morigenica*, à l'armée carthaginoise ; dans la haute vallée de l'Arc, où l'on trouve Bramans, Notre-Dame-de-Pitié, et

« par la plus amère et la plus gauloise des ironies », les ruisseaux de Bonnenuit ; par le mont Cenis, appelé ainsi *mons Cinesius, mons Cinerum,* parce que ses rochers avaient été réduits en cendres ; dans la haute vallée de la Durance, à Prelles, dont le nom rappelle *præ-lium* ; à la Bessée, où le mur des Vaudois, construit vers 1400, est appelé le mur d'Annibal ; il a passé à Clavières, entre Mont-Genèvre et Cézanne, puisqu'on trouve vers Clavières les lacets d'Annibal, dans le val de Pragelas, puisque Magilus, chef de la vallée du Guil, avait sous sa dépendance les *Magelli,* qui auraient habité le val de Pragelas ; par la vallée de l'Isère, puisqu'il y a, vers Moutiers, des lacets d'Annibal ; par la vallée de la Romanche, puisqu'il aurait fait percer, près de Bourg-d'Oisans, les rochers de Rochetaillée, travail qui, du reste, a été exécuté de 1220 à 1225 ; au mont Viso, *Vesulus,* dont le nom vient de *weiss,* qui, dans la langue germanique, signifie blanc ; il a passé sur la rive gauche du Pô, au village d'Invie, puisqu'il a passé, au dire de Tite-Live, *per invia !*

Les ouvrages où il est question du passage d'Annibal dans les Alpes sont très nombreux ; il serait aisé d'en indiquer 300 et plus[1] ; mais après avoir à plaisir enrichi cette liste, étalé ce luxe bibliographique, il ne serait pas inutile de dire que des réductions sont possibles et que de tous ces ouvrages il en est bon nombre que l'on consulterait sans grand profit.

Ce sont d'abord des histoires générales ou locales, des géographies, des descriptions des Alpes, des voyages, itinéraires et guides, des annuaires et des statistiques, des mémoires sur les antiquités ; ce sont des commentaires et annotations des auteurs anciens, en un mot des ouvrages où l'on a, comme en passant, mentionné l'une des opinions connues, où l'on ne trouve pas une opinion personnelle, étudiée, motivée. Cette catégorie comprendrait une grande partie de la liste. Il y aurait, d'autre part, à éliminer les ouvrages où l'on n'a fait que reproduire sous une autre forme ce qui a déjà été publié.

Resteraient les travaux des auteurs qui ont fait de la question une étude spéciale, qui ont exposé une opinion personnelle et motivée. Et ces ouvrages ne sont pas tous de la même valeur.

---

[1] Voir la liste publiée par M. Hennebert dans le IIme vol. de son *Histoire d'Annibal.*

Parfois l'imagination qui prédomine, la fantaisie qui surabonde nous mettent sur nos gardes.

Si quelques-uns font une assez large place aux traditions, aux découvertes d'objets anciens ou prétendus anciens, à de vains rapprochements de noms, il est permis de penser qu'ils n'ont pas à faire valoir de très bons arguments.

Ailleurs, nous trouvons les interprétations arbitraires des textes, et même l'habitude de ne les lire que dans les traductions. Ailleurs, on voit trop que l'auteur n'a pas parcouru les lieux dont il parle.

Quelques auteurs acceptent sans contrôle et sans critique des témoignages de la nature la plus diverse, et en viennent à préférer à Polybe et à Tite-Live Cœlius Antipater ou Cornélius Népos, Isidore de Séville ou Huitpraud.

Un grand nombre d'auteurs se refusent à admettre qu'il soit possible de concilier Polybe et Tite-Live, et rejettent d'abord les témoignages de celui-ci, sauf à accuser, l'instant d'après, Polybe d'inexactitude et d'erreur. L'estime que l'on fait de Tite-Live est une affaire de latitude ; le 45me degré en décide. Au Grand Saint-Bernard, au col de la Seigne, au Petit Saint-Bernard, il est récusé, et de même, en général, au Mont-Cenis. Mais Larauza se refuse à condamner Tite-Live, et cherche à concilier les deux récits, malgré les difficultés résultant pour lui de l'hypothèse même qu'il a admise.

M. Letronne est peut-être le premier qui ait porté dans ces recherches et ces discussions les habitudes d'exacte interprétation des textes, de méthode et de sage critique. Ses deux mémoires sont de 1819 ; Deluc, auquel il répondait, remania son travail et publia en 1825 une deuxième édition ; le travail de Larauza, *Histoire critique du passage des Alpes par Annibal*, parut en 1826. Il semble qu'on entrait dans une ère nouvelle.

On a dit que les Français ont le tort de chercher à concilier Tite-Live avec Polybe ; n'avons-nous pas le droit d'être quelque peu reconnaissants à M. Letronne et à Larauza de nous avoir valu ce reproche ?